rowohlt
rotfuchs

HORTENSE ULLRICH

MEINE teuflisch GUTE FREUNDIN

Rowohlt Taschenbuch Verlag

Veröffentlicht im Rowohlt Taschenbuch Verlag,
Reinbek bei Hamburg, Juni 2018

Lektorat Kristina Knöchel
Umschlaggestaltung any.way, Barbara Hanke /
Cordula Schmidt, nach einem Entwurf
von WILD BUNCH GERMANY
Umschlagabbildung Copyright © 2017 by
Tempest Film Produktion und Verleih GmbH
Satz Thesis Antiqua, InDesign,
bei Pinkuin Satz und Datentechnik, Berlin
Druck und Bindung CPI books GmbH,
Leck, Germany
ISBN 978 3 499 21803 3

Dank an Leandra Ullrich für die Mitarbeit

Willkommen in der Hölle!

Nein, kein Scherz, echt jetzt: Ich lebe in der Hölle.

Ich bin Lilith und mein Vater ist der Teufel. Wortwörtlich. Kein Spruch. Paps ist der Leibhaftige, der Fürst der Finsternis, der Meister des Bösen. Der Boss. Und: Er nervt.

Ständig nörgelt er an mir herum. Er nennt es ‹Erziehung›, ich nenne es ‹Einmischung in mein Privatleben›.

Etwa, wenn er mir wieder einen Vortrag hält: «Wenn du morgens dein Outfit zusammenstellst, häng die Kleider, die du nicht willst, zurück in den Schrank und wirf sie nicht einfach auf den Boden. Die bilden inzwischen eine Hügellandschaft in deinem Zimmer.»

Oder: «Es stehen immer mindestens fünf halb leergetrunkene Mineralwasserflaschen in deinem Zimmer herum. Wieso? Schmeckt dir nur die obere Hälfte des Wassers?»

Ja, so ist es! Aber er regt sich auch darüber auf, dass Teller mit Essensresten in meinem Zimmer rumstehen. Na und? Wen stört's? Okay, einige Reste haben bereits einen Pelzüberzug, aber hey, solange sie nicht davonkriechen, kann es ihm doch egal sein. Ist schließlich mein Zimmer!

Also, ihr seht, selbst der Teufel hat so seine Schwierigkeiten mit seiner Teenager-Tochter. Und eins sag ich euch: Die Tochter des Teufels zu sein ist alles andere als cool! Und in der Hölle zu leben wird auch überbewertet.

Weiß nicht, wie ihr euch die Hölle vorstellt, aber wir leben im obersten Stockwerk eines riesigen Bürohochhauses mitten im Geschäftsviertel, mit spektakulärem Blick über die Stadt. Welche Stadt? Sorry, darf ich leider nicht sagen. Betriebsgeheimnis.

Mein Vater hat den Standort der Hölle in die Großstadt verlegt. Die Anbindung an öffentliche Verkehrsmittel ist besser, das kulturelle Angebot attraktiver, die Einkaufsmöglichkeiten schier unendlich und – wir sind näher an unseren Kunden.

Unsere Firma hat sieben Abteilungen, für jede Todsünde eine. Unsere Mitarbeiter sind sehr fleißig, dafür sorgt mein Vater. Meist hält er sich in der Kommandozentrale auf. Das Herzstück der Hölle. Dort herrscht immer geschäftiges Treiben. Aktuelle Meldungen von Umweltkatastrophen und Verbrechen aus aller Welt erscheinen auf Monitoren, werden analysiert, und der Stand der globalen bösen Energie wird gemessen und notiert. Ungefähr so wie die Aktienkurse an der Börse. Mitarbeiter in dunklen Anzügen eilen umher, über Headphones nehmen sie Informationen entgegen und geben Anweisungen, immer hektisch und gestresst und ängstlich darauf bedacht, bloß keine Fehler zu machen. Ja, man kann die Angst, die sie vor meinem Vater haben, förmlich riechen. Aber er ist kein Unmensch, er legt Wert auf ein nettes Ambiente, auf ansprechende Atmosphäre in der Hölle.

Sein Innenarchitekt hat große und kleine Gefäße dekorativ überall im Raum verteilt. Aber nicht für Blumen oder so – es lodern Flammen heraus. Für Paps bedeutet ein nettes Ambiente halt, alle in Angst und Schrecken zu versetzen. Er ist schließlich der Teufel. Interesse daran, meinen Vater in Aktion zu sehen?

Mit einnehmenden Schritten durchquerte der Teufel die Kommandozentrale der Hölle.

«Und? Haben wir die Welt wieder ein bisschen böser gemacht?», erkundigte er sich mit dröhnender Stimme bei seinem Assistenten, der versuchte, mit ihm Schritt zu halten.

«Wir bemühen uns, Meister, wir bemühen uns ...»

«Was macht der deutsche Markt? Wie sind die Zahlen?»

Der Assistent scrollte eiligst durch sein Tablet und berichtete: «Hervorragend! Plus 2,3 Prozent! Vor allem in den Großstädten sind unsere Mitarbeiter höllisch erfolgreich. In Frankfurt ist die böse Energie um 4 Prozent gestiegen!»

Der Teufel war nicht beeindruckt. «Was ist mit den kleineren Orten?»

«Auch nicht schlecht! Zum Beispiel in Villingen-Schwenningen: plus 0,3 Prozent! Oberursel: plus 0,7!»

Abrupt blieb der Teufel stehen, drehte sich empört zu seinem Angestellten und brüllte: «Wie mickrig ist das denn? Schicken Sie da sofort mehr Drogendealer hin!»

Der Assistent erwiderte: «Aber Meister, Politessen und Finanzbeamte, das reicht doch auch schon ...»

Der Teufel riss ihm das Tablet aus der Hand und schaute nun selbst nach. «MINUS 1,5 Prozent in Birkenbrunn?!» Wütend hielt er seinem Assistenten das Tablet vor die Nase.

Der Mitarbeiter schluckte und stammelte: «Das, äh ... ist einer unserer Problemfälle. Ein kleines Städtchen mit sehr friedlichen Einwohnern – ekelhaft! Wir tun aber alles, um die gute Stimmung zu vergiften.»

Der Teufel knallte ihm verärgert das Tablet vor die Brust. «Offenbar nicht genug!»

Der Assistent nahm das Tablet, schluckte betreten und schaute zu Boden.

«Bereiten Sie das Treffen mit den Nordkoreanern vor», herrschte der Teufel ihn an, drehte sich um und setzte seinen Weg Richtung Aufzug fort.

«Ja, Meister», murmelte der Assistent und schlich davon.

Der Teufel war alles andere als zufrieden.

Lilith, ein bildhübscher Teenager, saß an ihrem Schreibtisch. Die Blässe ihrer Haut wurde durch ihre knallroten Lippen noch hervorgehoben. Ihre Miene war unbewegt, nahezu eisig. Gelegentlich flackerten für Millisekunden kleine Flämmchen in ihren Augen auf.

Sie hatte sich über ihren Laptop gebeugt und wartete ungeduldig.

Pling. Eine neue Chatanfrage.

> **Unicorn13:** Meine beste Freundin ist übelst sauer auf mich! Ist es okay, wenn ich über sie lästere???

Lilith verdrehte die Augen. Mann, wie lahm ist die denn?, dachte sie. Die braucht ja echt Nachhilfe im Bösesein!

> Wieso nur lästern???, schrieb sie. Verbreite fiese Gerüchte über die Alte. Mach sie fertig!

Und: Senden.

Zufrieden mit ihrer Antwort, biss sie von einer Lakritzschlange ab und wartete auf die nächste Anfrage.

Liliths Gedanken wurden von gedämpften Lauten aus einer Ecke ihres Zimmers unterbrochen. Genervt wandte sie ihren Blick in die Richtung, aus der die Geräusche kamen. Dort saß ihr Privatlehrer. An einen Stuhl gefesselt, mit einem Klebeband über dem Mund. Liliths Werk.

Als sie ihn ansah, bemühte er sich um einen autoritären Gesichtsausdruck. Nun, so autoritär, wie es eben möglich ist, wenn man gerade von seiner Schülerin außer Gefecht gesetzt wurde. Als sie ihn unbeeindruckt und abschätzig betrachtete, wurde sein gebrummter Protest noch heftiger und empörter. Langsam ging er Lilith damit auf die Nerven. Was tun? Sie überlegte kurz, dann drehte sie die Musik lauter. Sehr viel lauter.

Pling, neue Chatanfrage. Lilith wandte sich wieder ihrem Laptop zu, arbeitete weiter. Teenager wurden schließlich nicht von alleine böse, da musste sie schon nachhelfen.

Währenddessen fuhr der Teufel übellaunig im Aufzug hoch in die Etage, in der seine Privaträume lagen. Seine Laune besserte sich nicht, als er ausstieg und bereits auf dem Flur von dröhnend lauter Musik empfangen wurde. Er knurrte und knirschte mit den Zähnen. Lilith!

Verärgert machte er sich auf den Weg zu ihrem Zimmer.

Mit strenger Miene trat er ein, doch sein Auftritt blieb ohne Wirkung: Lilith saß mit dem Rücken zu ihm, war mit ihrem Laptop beschäftigt, und die Musik war hier drin schier unerträglich laut.

Als Liliths Lehrer den Teufel bemerkte, schöpfte er neue Hoffnung, sah den Teufel flehentlich an und begann wieder, verzweifelte Laute von sich zu geben.

Lilith quittierte den neu erwachten Protest ihres Lehrers nur mit einem «Halt die Fresse!».

Mit einer einzigen magischen Handbewegung ließ der Teufel Liliths Laptop zuknallen, und die Musik erstarb.

Lilith zuckte ertappt zusammen und drehte sich dann in ihrem Drehstuhl um.

«Paps!»

«Was soll das?», fuhr der Teufel seine Tochter an.

Lilith bemühte sich um ein unschuldiges Lächeln. «Ich mach ein Päuschen.»

«Und er?», erwiderte der Teufel und deutete mit dem Kopf auf den geknebelten Lehrer.

Lilith warf ihm nur einen kurzen Blick zu, zuckte mit den Schultern und antwortete lapidar: «Er wollte kein Päuschen machen.»

Der Lehrer fing wieder an zu rumoren.

«Er redet auch echt viel», kommentierte Lilith genervt.

«Das ist seine Aufgabe. Er ist dein Lehrer!»

Eine weitere magische Handbewegung des Teufels, und die Fesseln des verzweifelten Lehrers lösten sich. Der riss sich sofort das Klebeband vom Mund, sprang auf und bat den Teufel erschöpft: «Darf ich kündigen?»

Der Teufel blickte ihn nicht mal an. «Nein.»

«Bitte», flehte der Lehrer.

In keiner Stimmung, mit ihm zu diskutieren, entgegnete der Teufel: «Wo waren Sie stehengeblieben?»

Der Lehrer zögerte. Um seiner Frage Nachdruck zu verleihen, ließ der Teufel seine Augen kurz aufglühen. Eingeschüchtert drehte sich der Lehrer sofort zur Tafel, an der die sieben Todsünden aufgelistet waren, und deutete darauf.

«Wir waren bei den sieben Todsünden und wie man sie verwenden kann, um Menschen vom Pfad der Tugenden abzubringen.»

Lilith äffte ihn genervt nach.

Die Nervosität des Lehrers stieg, als der Teufel ihn eindringlich ansah.

«Fein», sagte der Teufel schließlich und wandte sich dann an Lilith. «Nenn mir ein Beispiel, wie du Neid einsetzen würdest!»

Lilith stöhnte, stand dann aber auf und durchquerte den Raum, während sie dozierte.

«Neid funktioniert bei vielen Menschen prima über materielle Güter. Nehmen wir zum Beispiel dieses Designerkleid ...» Sie drehte sich um die eigene Achse, und – *plopp* – trug sie ein cooles schwarzes Kleid. «Das wollen ja alle haben! Aber kaum eine kann es sich leisten. Also geh ich mit ein paar Mädels shoppen, mach mich über ihre Klamotten lustig und animiere sie zum Klauen. Glaub mir, sie werden zuschlagen. Und wenn sie's einmal getan haben, machen sie's immer und immer wieder. Tadaa – böse!»

Sichtlich stolz auf Liliths Antwort, sah der Teufel den Lehrer an. Dann wandte er sich wieder streng an seine Tochter: «Was ist nicht erlaubt?»

Lilith seufzte. «Magie.» Mit einem Fingerschnipsen machte sie ihre Zauberei wieder rückgängig, das Designerkleid verschwand, und sie trug wieder ihr altes Outfit. Dann leierte sie die teuflischen Regeln runter: «Wir dürfen nur locken und verführen. Der Mensch muss sich freiwillig entscheiden, den Weg des Bösen zu gehen.»

Erneut zeigte sich väterlicher Stolz auf dem Gesicht des Teufels. Er sah den Lehrer an. «Prima, klappt doch.»

Lilith fauchte ihren Vater ärgerlich an: «Sag ich ja, ich kann das alles! Lass mich jetzt endlich zu den Menschen, Papa! Ich bin so weit!»

Liliths Ton ihm gegenüber war dem Teufel ein wenig peinlich vor dem Lehrer. Er versuchte es mit einem lässig dahingemurmelten «Teenager!» zu überspielen.

Der Lehrer stand noch neben der Tafel, seine Tasche umklammernd und auf weitere Befehle wartend.

«Sie können jetzt gehen», sagte der Teufel.

«Für immer?», fragte der Lehrer hoffnungsvoll.

Der Teufel sah ihn gereizt an. «Sie haben die Wahl! Sie unterrichten meine Tochter – oder Sie stauben im Keller Akten ab.»

Ohne zu zögern, antwortete der Lehrer: «Ich nehme die Akten!» und verließ fluchtartig das Zimmer.

Wenig beeindruckt von dem, was gerade passiert war, wandte sich Lilith an ihren Vater.

«Also, darf ich jetzt zu den Menschen?»

«Nein! Ich such dir jetzt einen neuen Privatlehrer, und zwar einen strengeren als diesen Hanswurst.»

Lilith protestierte: «Ich will aber keinen neuen Lehrer, ich brauch Action! Ich hab keine Lust, immer nur im Internet böse zu sein!»

Der Teufel sah seine Tochter streng an und ging drohend auf sie zu. «Lilith, das sage ich dir nun zum letzten Mal. Du bist zu jung für die Arbeit des Teufels! Wir reden darüber, wenn du 18 bist!»

«Nein!» Wütend stampfte Lilith mit dem Fuß auf. Das hatte eine Stichflamme zur Folge, die den Teppich in Brand setzte. Schnell trat Lilith das Feuer wieder aus, aber nun zierte ein schwarzes Brandloch den weißen Teppich.

Der Teufel schnappte nach Luft, es fiel ihm schwer, sich zu beherrschen. Wütend blitzte er Lilith noch einmal an, fauchte ein verärgertes «Kinder!» und verließ das Zimmer.

Okay, ist jetzt irgendwie blöd mit dem Loch im Teppich. Tut mir auch ein bisschen leid, denn Paps liebt das Teil. Genaugenommen ist es auch kein Teppich, sondern das Fell des letzten Nepal-Mammuts. «Für das Ding habe ich Dschingis Khan die Herrschaft über die Mongolen gegeben!», erzählt er immer.

Ja, Paps, schon gut, du bist der Größte, machst ganz tolle Deals.

Aber: Wenn er so an dem Ding hängt, wieso hat er es dann in *mein* Zimmer gelegt und, noch entscheidender: Wieso macht er mich wütend, wenn ich gerade drauf stehe? Er weiß doch, was passiert, wenn ich mich aufrege. Feuer ist nun mal mein Element. Normalerweise lodern einfach nur kleine Flämmchen in meinen Augen auf, und okay, das Mit-dem-Fuß-Aufstampfen sollte ich mir eigentlich schon längst abgewöhnt haben, aber trotzdem: Er ist selber schuld! Wieso darf ich nicht zu den Menschen? Ich bin sehr wohl schon so weit! Ich habe ewig im Chat trainiert und dort bewiesen, dass ich unglaublich gut darin bin, Menschen dazu zu bringen, etwas Böses zu tun.

Aber er kann nicht loslassen, will sein «kleines Mädchen» einfach nicht aus dem Haus lassen. So ein Weichei! Dabei ist er doch der Teufel! Zu allem Überfluss außerdem ein ziemlich nerviger Pedant. Alles muss seine Ordnung haben. Selbst das Bösesein.

Geht es dabei nicht auch um Chaos? Chaos ist gut, es bringt Menschen aus der Balance. Guter Ansatzpunkt für uns. Aber er hält mir immer wieder denselben Vortrag:

«Wir haben Vorschriften und Regeln, an die wir uns halten. Wir sind ehrliche Leute.»

Damit meint er, dass wir den freien Willen der Menschen respektieren müssen.

Unsere Aufgabe ist es, die Schwachstellen der Leute zu finden und damit zu arbeiten: dem Hochmut, der Gier, dem Neid, dem Zorn, der Faulheit, der Wollust und der Völlerei. Den sieben Todsünden eben. Dafür braucht man Menschenkenntnis und Geduld. Seiner Meinung nach zumindest.

«Wir sind nicht an schnellen Erfolgen interessiert, sondern an langfristigen», betont er jedes Mal.

Ja, ja, ja! Weiß ich alles! Kenne ich alles! Habe ich alles schon auswendig gelernt. Es ist ätzend öde in der Hölle. Ich muss da endlich raus!

Ich brauche einen Plan!

Mitten in der Nacht hatte Lilith einen Geistesblitz. Schnurstracks marschierte sie in das Schlafzimmer ihres Vaters. Der lag im Bett und schlief tief und fest. Lilith setzte sich neben ihn und leuchtete ihm mit der Taschenlampe ihres Handys direkt ins Gesicht. Als der Teufel erwachte, erschrak er wie ein kleines Mädchen.

«Paps, ich bin's», beruhigte ihn Lilith und fuhr gleich fort: «Folgendes: Du lässt mich für ein Jahr zu den Menschen, auf Probe. Ich such mir ein nettes Plätzchen, New York, L. A., was auch immer, und ich beweis dir, dass ich schon genauso böse bin wie du.» Erwartungsvoll sah sie ihren Vater an.

«Zur Hölle, Lilith, was soll das?»

Der Teufel war nicht bereit, ein solches Gespräch im Schlafanzug in seinem Bett zu führen, das war ja geradezu würdelos! Er klatschte zweimal in die Hände, und Lilith blickte nun auf ein leeres Kopfkissen. Das Licht war angegangen, Mozarts «Kleine Nachtmusik» erklang. Lilith sah sich suchend nach ihrem Vater um.

Der saß nun in einem Ledersessel am anderen Ende seines Schlafzimmers, in einen eleganten Morgenmantel gehüllt, mit einem Glas Whisky in der Hand, während er genüsslich an einer Zigarre zog. Nun fühlte er sich wieder wohl. Er war bereit für das Gespräch mit seiner Tochter.

Lilith stand vom Bett auf und marschierte zu ihm hinüber. «Also?»

Der Teufel überlegte kurz und antwortete dann: «Okay.»

Lilith war sichtlich verwirrt von seiner schnellen Zustimmung. «Wie jetzt?»

«Ich lass mich darauf ein.»

Freudig rannte Lilith die letzten Schritte auf ihren Vater zu und machte Anstalten, ihn zu umarmen. Der Teufel stoppte sie mit einem strengen Blick und bedeutete ihr mit einer Kopfbewegung, sich in den Sessel ihm gegenüber zu setzen.

«Aber wir verkürzen das Jahr auf eine Woche, und ICH bestimme den Ort und die Person, die du dazu bringen sollst, Böses zu tun.» Lauernd sah er seine Tochter an.

Die fragte spöttisch: «Nur *eine* Person?»

Der Teufel nickte, und Lilith fing an, breit zu grinsen. Dann hielt sie plötzlich inne und sah ihren Vater misstrauisch an. «Wo ist der Haken?»

«Kein Haken», antwortete der Teufel. «Wenn du so gut bist, wie du denkst, darfst du im Außendienst bleiben. Und wenn nicht ... arbeitest du zusammen mit deinem ehemaligen Lehrer im Aktenkeller. Für immer.»

«Das würdest du mir antun?!»

«Ich bin der Teufel, oder?»

Lilith zögerte kurz, dann streckte sie ihrem Vater entschlossen die Hand hin. «Deal.»

Der Teufel musterte seine Tochter und schlug ein.

Lilith strahlte: Ihr Plan war aufgegangen, yay! Das war sehr viel einfacher gewesen, als sie erwartet hatte.

Unmerklich lächelte aber auch ihr Vater. Der Teufel hatte ebenfalls einen Plan ...

Bereits am nächsten Tag saßen Lilith und ihr Vater im Fond einer schwarzen Luxuslimousine mit dunkel getönten Scheiben und waren unterwegs zu dem Ort, an dem Lilith eine Woche lang Zeit haben würde, ihr teuflisches Können unter Beweis zu stellen. Der Teufel selbst hatte die Vorbereitungen getroffen. Der Chauffeur war instruiert, wohin er seinen Chef und dessen Tochter fahren sollte, doch Lilith wusste nicht, wohin die Reise ging; ihr Vater hatte Freude daran, sie im Ungewissen zu lassen. Er hatte ein paar Unterlagen für Lilith zusammengestellt, da sie eine falsche Identität annehmen musste. Denn davon abgesehen, dass bei den Menschen die Bereitschaft, die Tochter des Teufels bei sich aufzunehmen, nicht sehr groß gewesen wäre, sollte niemand wissen, wer Lilith wirklich war und dass sie aus der Hölle kam.

Während der Fahrt studierte Lilith die Unterlagen. Dann blickte sie verwirrt auf.

«Moment mal – ich komme aus Saarlouis? Was ist das denn?»

«Saarlouis kennt man kaum. Und eventuelle Auffälligkeiten in deinem Verhalten kannst du damit erklären, dass du aus dem Saarland stammst.»

«Kann ich nicht aus Berlin kommen? Oder wenigstens Hamburg?»

Der Teufel ignorierte Liliths Bitte. «Also?», fragte er fordernd, um zu überprüfen, ob sie seine Anweisungen im Kopf hatte.

Lilith seufzte und richtete sich auf. «Meine Zielperson heißt Greta Birnstein. Ihre Eltern denken, dass wir umziehen wollen und ich mir schon mal die Schule angucken möchte.»

«Worauf musst du achten?»

«Keine Berührungen. Kein Mitleid. Immer eiskalt bleiben.»

Zufrieden grinste Lilith ihren Vater an. Er nickte und präsentierte ihr eine schwarze Schachtel. «Hier drin ist dein ganz persönlicher Loknar. Er misst deine Gefühlstemperatur. Mach auf!»

Neugierig öffnete Lilith die Schachtel. Eine pechschwarze gläserne Kugel lag darin, sie hatte etwa die Größe eines Golfballs. Lilith nahm sie in die Hand und betrachtete sie.

«Wenn du nicht kaltblütig genug bist, wechselt der Loknar seine Farbe. Er sollte aber immer schwarz bleiben. Dann bist du auf dem richtigen Weg», erklärte der Teufel eindringlich.

Lilith wurde ungeduldig. «Okay, verstanden. Sagst du mir jetzt, wo wir hinfahren? Ist es ein Penthouse? Oh mein Gott – mit Dachterrasse und Whirlpool?»

Der Teufel grinste und schwieg.

Schließlich hielt die Limousine an, und Lilith sah sich ungläubig um. Sie standen vor einem Bauernhaus. Okay, es sah irgendwie charmant und urig aus, aber es war ein *Bauernhaus*! Und zwar mitten im Nirgendwo! Das Nirgendwo hieß Birkenbrunn. Das also hatte ihr Vater für sie ausgesucht. Na bravo. So viel zu Dachterrasse und Whirlpool!

Dann entdeckte Lilith im Garten vor dem Haus ein Mädchen, das dort kniete und damit beschäftigt war, ein Fahrrad zu reparieren. War das die Zielperson? Das Mädchen war etwa in Liliths Alter, also ein Teenager. Teenager sind leicht zu manipulieren und in Versuchung zu bringen, dachte sich Lilith. Aber trotzdem: *die*?

Das Mädchen trug ein unförmiges Strickkleid, eindeutig Marke Eigenbau. Zu weit, zu lang, zu hässlich. Tat sie das freiwillig oder hatte sie eine Wette verloren? Dazu brave Söckchen und Kinderturnschuhe. Ihre Locken waren ungekämmt. Und dass dieses Mädchen bei der Arbeit auch noch fröhlich lächelte, machte die Sache für Lilith nicht besser. Sie schüttelte sich. Gruselig!

Das Mädchen blickte auf, sah die Limousine, unterbrach ihre Arbeit, stand auf und kam freudestrahlend auf den Wagen zu.

«Und, willst du nicht aussteigen?», fragte der Teufel lauernd.

Lilith drehte sich ungläubig zu ihm um. «Das ist jetzt nicht dein Ernst? Hier soll ich wohnen?!»

Der Teufel zog die Augenbrauen hoch und sah Lilith mit diabolischem Funkeln an.

Das Mädchen war inzwischen näher gekommen, blieb jedoch in gebührendem Abstand zum Wagen stehen. Mit einem Stöhnen machte Lilith die Autotür auf, stieg aus und ging langsam auf das Mädchen zu.

Die strahlte nun noch mehr und rief: «Hallo! Du musst Lilith sein. Ich bin die Greta. Oh, ich freu mich so, dass du hier bist!»

«Da reden wir in einer Woche mal drüber», murmelte Lilith.

«Herzlich willkommen!», zwitscherte Greta und breitete ihre Arme aus, um Lilith zur Begrüßung an sich zu drücken.

Lilith wich angewidert zurück. Dann fühlte sie sich irgendwie dazu verpflichtet, eine sinnvolle Erklärung für die Zurückweisung abzugeben.

«Ist gerade schlecht. Erkältung.»

«Oh, danke für die Warnung. Magst du einen Kamillentee haben?»

Lilith musterte Greta misstrauisch. Wieso war die so nett?

Sie hatte sich noch nicht von dem Schock über die von ihrem Vater für sie ausgewählten neuen Lebensumstände erholt, als aus der Haustür schon die nächste heiter beschwingte Stimme ertönte.

«Hey! Du musst die Lilith sein! Herzlich willkommen in Birkenbrunn.»

Mit ebenfalls ausgebreiteten Armen kam nun eine erwachsene Frau auf sie zu. Lilith schauderte. Wo war sie hier nur hingeraten? Was war los mit diesen Leuten?

«Vorsicht! Lilith hat eine Erkältung, Mama», warnte Greta ihre Mutter fürsorglich.

Die winkte jedoch nur ab: «Ach, wozu hab ich denn

meine Abwehrkräfte? Ich bin die Sibylle! Schön, dass du da bist! Das freut uns sehr!»

Und *schwupp*, drückte Sibylle Lilith herzlich an sich. Lilith erstarrte: menschliche Berührung! Darauf reagierten Teufel hochallergisch.

Da kitzelte es auch schon in ihrer Nase und sie nieste kräftig.

«Gesundheit!», rief Sibylle und ließ sie wieder los. Lilith keuchte.

Sibylle fuhr frohgemut fort: «Du, mein Mann baut das beste Obst von Birkenbrunn an. Damit kriegen wir dich ganz schnell wieder gesund, ja?» Sie lächelte Lilith zuversichtlich zu. «Willst du mich eigentlich Mama nennen oder Sibylle?»

Langsam wurde es Lilith zu viel. «Bitte was? Weder noch!», entfuhr es ihr scharf.

Von Liliths Ton war Sibylle zwar etwas überrascht, aber sie lächelte nach wie vor.

Lilith bot einen Kompromiss an: «Äh, ich kann Sie ja Frau Birnstein nennen.»

«Das ist ein bisschen unpersönlich», antwortete Sibylle freundlich. «Vielleicht sagst du einfach Sibylle.»

Bevor Lilith antworten konnte, ertönte ein Hupen hinter ihr. «Eine Sekunde.»

Sie drehte sich um und lief zurück zur Limousine. Ihr Vater ließ das schwarzgetönte Fenster herunterfahren und polterte: «Das fängt ja gut an. Ich hab doch gesagt: keine Berührungen!»

Frustriert jammerte Lilith: «Konntest du mir keine

normalen Menschen raussuchen? Die sind so widerlich nett.»

Die Augen des Teufels blitzten triumphierend auf, als er seiner Tochter anbot: «Du kannst gerne wieder mit mir zurückfahren.»

Ärgerlich fauchte Lilith: «Vergiss es. Ich zieh das jetzt durch.»

«Ende der Woche will ich sehen, was du geleistet hast.»

«Ich schaff das», entgegnete Lilith.

«So, jetzt muss ich los. Sonst will sie mich auch noch drücken. Tschüs, Teufelchen.»

«Tschüs, Paps.»

Die Fensterscheibe fuhr wieder hoch, der Wagen setzte sich in Bewegung und verschwand.

Lilith seufzte, sammelte sich und drehte sich dann wieder zu Greta und Sibylle um, die sie abwartend ansahen. Was wollten sie? Wahrscheinlich eine Erklärung, wieso ihr Vater weggefahren war, ohne die ganze Familie Birnstein herzlich zu umarmen.

«Mein Vater ist etwas menschenscheu», erläuterte Lilith.

Sibylle zuckte mit den Schultern, wandte sich zu ihrer Tochter und flüsterte: «Vielleicht sind die Leute im Saarland so ...»

Zum Abendessen hatte sich die Familie Birnstein um den Tisch versammelt. Greta hatte noch zwei kleine Schwestern, Hanna und Lotta, die, offensichtlich einer Familientradition folgend, ebenfalls nervenaufreibend dauerfröhlich waren. Und ebenfalls Strickkleider trugen. Das schien die Familienuniform zu sein. Lilith hatte Mühe, ihren Ekel zu unterdrücken. Diese Birnsteins lächelten eindeutig zu viel und ihre Laune war definitiv zu gut.

Vater Gabriel stellte einen Gemüseauflauf auf den Tisch.

«So ... Achtung! Das ist heiß.»

«Sieht lecker aus, Mama», lobte Greta ihre Mutter.

Gabriel wandte sich an Lilith und zeigte stolz auf den Auflauf. «Das ist alles in unserem Garten gewachsen, Lilith. Ohne Chemie und Gentechnik. Nur mit Liebe.»

Lilith sah Gabriel befremdet an – was redete der da bloß für einen Quark?

«Papa spricht mit den Pflanzen, damit sie schön groß werden. Ab und zu singt er ihnen sogar was vor», erklärte Greta, während sie eine Portion Auflauf auf Liliths Teller platzierte.

«Wow. Und singen die Pflanzen dann mit?», fragte Lilith sarkastisch.

Lächelnd sah Gabriel sie an. «Alle Lebewesen mögen es, wenn du auf sie eingehst. Und das, was du ihnen gibst, geben sie dir tausendfach zurück.»

Als alle Essen auf ihren Tellern hatten, griff Gabriel nach dem Besteck und sah in die Runde. «Was ruft die Ameise, wenn sie durch den Rüssel vom Ameisenbär fliegt?»

Unisono riefen alle Birnsteins: «Gu-ten Ap-pe-tit!»

Familie Bernstein lachte herzlich über den Spruch, und Sibylle mahnte noch schnell: «Servietten!», bevor sich alle auf ihr Essen stürzten.

Lilith saß da wie eine Statue und beobachtete die Menschen mit angewidertem Gesichtsausdruck, bis Gabriel einen neuen Versuch startete, mit ihr zu plaudern.

«In seiner E-Mail hat dein Papa geschrieben, dass er auch Zucchinizüchter ist. Sehr sympathisch!»

«Sie finden meinen Vater also sympathisch?», gab Lilith spöttisch zurück.

Etwas verunsichert erklärte Gabriel: «Wir kennen uns nur über E-Mail, aber als er mir von euren Plänen geschrieben hat, hab ich ihm sofort angeboten, dass du bei uns wohnen kannst. Es wird dir hier gefallen, und unsere Zucchini gedeihen phantastisch.»

Zufrieden lächelnd nahm Gabriel noch einen Bissen vom Auflauf. Lilith stocherte in ihrem Essen herum. Misstrauisch begutachtete sie ein Stück Zucchini auf ihrer Gabel, bevor sie es ganz vorsichtig in den Mund nahm. Während sie ohne Genuss kaute, beobachtete sie die Birnsteins. Sie war zutiefst angewidert. Alle lächelten grundlos, und Sibylle und Gabriel warfen sich über den Tisch hinweg sogar Luftküsschen zu. Diese Birnsteins benahmen sich, als wollten sie einen Gute-Laune-Wettbewerb gewinnen.

Nach dem Essen lehnte sich Gabriel glücklich in seinem Stuhl zurück und strahlte seine Frau an.

«Möhrchen! Du hast dich mal wieder selbst übertroffen!» Dann wandte er sich an seine Kinder: «So! Welche Ameise hilft mir jetzt den Tisch abräumen?»

Begeistert reckten Hanna und Lotta die Hände in die Luft: «Ich, ich, ich!»

Die ganze Familie machte sich eifrig an die Arbeit.

Lilith blieb sitzen und dachte nach. Eine Woche. In einer Woche musste sie aus Greta ein böses Mädchen machen. Wo konnte sie ansetzen? Welche Schwächen hatte Greta? Sie verstand sich ja sogar bestens mit ihren Eltern und ihren Geschwistern! Für einen Teenager definitiv nicht normal! Sie musste die Harmonie der Birnsteins aus dem Gleichgewicht bringen. Und diese ewig lächelnde Greta veranlassen, mal so richtig auszurasten.

Als Greta und Lilith einen Moment später alleine im Raum waren und Greta gerade die Teller aufeinanderstapelte, um sie in die Küche zu bringen, kam Lilith eine Idee. Ein teuflisches Lächeln breitete sich auf ihrem Gesicht aus. Mit einem Ruck stand sie auf und stellte sich Greta in den Weg.

«Gib die mir doch.»

Greta sah Lilith kurz an, zuckte mit den Schultern und überreichte ihr lächelnd die Teller. Lilith nahm den Stapel, blickte Greta starr in die Augen – und ließ die Teller wieder los. Mit lautem Geschepper fielen sie auf den Boden und zersplitterten in tausend kleine Stücke.

Erschrocken wich Greta zurück und schaute Lilith erstaunt an.

Lilith blickte ihr weiterhin ausdruckslos in die Augen. «Ups», sagte sie. «Das war jetzt aber deine Schuld.»

Greta war verwirrt, aber sie nickte. «Ja, natürlich.»

Lilith riss ungläubig die Augen auf: *Ja, natürlich?* Greta nahm die Schuld auf sich? Die war doch nicht ganz gebacken! Greta hatte doch mitbekommen, dass sie die Teller mit Absicht hatte fallen lassen. Wieso wurde sie nicht wütend?

Vom Scheppern angelockt, kamen Sibylle, Hanna und Lotta um die Ecke.

«Tut mir leid», rief Greta und bückte sich schnell, um die Scherben einzusammeln. «Das gute Geschirr von der Oma. Ich bin so ein Trampeltier!», klagte sie.

«Du bist kein Trampeltier! Lass das ruhig liegen, ich hol einen Handfeger», entgegnete Sibylle lieb.

Dann kam Gretas Vater und tröstete fröhlich: «Ist doch nicht schlimm, Greta. Scherben bringen Glück!»

Lilith war fassungslos. Was war nur mit dieser Familie los? Waren die alle komplett bescheuert?! Kein Geschrei, keine Vorwürfe, keine Strafe? Wieso hatte Greta nicht gesagt, dass es nicht ihre, sondern Liliths Schuld gewesen war? So nett und lieb konnte doch kein Mensch sein! Aber sie würde schon einen Ansatzpunkt finden, Gretas schlechte Eigenschaften hervorzulocken.

Später am Abend zogen sich die beiden Mädchen in Gretas Zimmer zurück. Lilith hatte es sich auf der Couch, auf der sie auch schlafen sollte, gemütlich gemacht und beobachtete missmutig Greta, die an ihrem Schreibtisch saß und ihre Schultasche für den nächsten Tag packte.

«Sag mal, bist du eigentlich immer so?»

Greta drehte sich zu Lilith um. «Was meinst du?»

«Oh, entschuldige, es tut mir so leid, ich bin so ein Trampeltier!», äffte Lilith Greta nach. «Regst du dich nie auf?»

Greta ließ sich von der Frage nicht aus der Ruhe bringen

und antwortete lächelnd: «Papa sagt immer, wenn man nichts Nettes zu sagen hat, dann soll man lieber lächeln und schweigen.»

Okay. Nächster Versuch. «Hast du irgendwo Alkohol oder Drogen?»

«Nein!», antwortete Greta erschrocken.

«Wie sieht's mit deinen Freundinnen aus? Sind da ein paar coole Mädels dabei?»

Als Greta schwieg, folgerte Lilith gnadenlos: «Oh nee, du hast gar keine!»

«Ja, ist ja nicht so, dass ich nicht will, aber ...»

«Keiner mag dich!» Liliths Bösartigkeit kannte kein Erbarmen.

Wieder schwieg Greta und schaute verlegen auf ihren Schreibtisch.

«Was machst du denn dann in deiner Freizeit?»

«Na ... ich helfe meiner Mama im Haus, ich sing im Gemeindechor, ich les total viel ...», antwortete Greta freundlich.

Lilith verdrehte die Augen, stöhnte und murmelte leise: «War ja klar! Danke, Paps!»

Sie grübelte weiter. Mit einem Mal fiel ihr etwas ein. Der Unterricht bei ihrem Privatlehrer war ja vielleicht doch nicht umsonst gewesen. Sie öffnete ihren Koffer, zog das schwarze Designerkleid heraus und hielt es in die Höhe: «Schau mal!»

Greta stand auf. «Oh, ist das schön!»

«Ja, das ist sauteuer. Das kannst du dir niemals in deinem ganzen Leben leisten», flötete Lilith und hielt sich das Kleid vor. Greta nickte. «Ist ja klar, dass du jetzt neidisch bist», fuhr Lilith fort. «Ich mein, ich wär jetzt auch neidisch ...»

Greta unterbrach sie und versicherte glaubhaft: «Nein, nein! Keine Sorge, ich bin nicht neidisch.» Sie lächelte. «Ich bin kurz im Bad, ja?»

Damit verließ sie das Zimmer. Lilith starrte ihr perplex hinterher und warf dann das Kleid verärgert auf den Boden. Das konnte doch nicht wahr sein! Neid funktionierte also nicht. Aber aufgeben war keine Option.

Sie ließ ihren Blick umherschweifen, öffnete dann Gretas Kleiderschrank und begutachtete die vielen hässlichen Strickkleider, die fein säuberlich darin aufgehängt waren. Auf einmal fiel ihr etwas hinten an der Rückwand des Schranks auf. Mit einem Ruck schob Lilith die Klamotten zur Seite und entdeckte, dass die gesamte Rückwand zugepflastert war mit Fotos von einem Jungen in ihrem Alter, liebevoll verziert mit kleinen roten Herzchen. Lilith verzog angeekelt das Gesicht.

Als sie hörte, dass Greta zurückkam, schloss sie schnell die Schranktüren und drehte sich um, bereit für den nächsten Angriff.

Greta kam fröhlich summend ins Zimmer, ließ sich auf ihr Bett fallen und stellte ihren Wecker für morgen.

«Hast du eigentlich einen Freund?», fragte Lilith katzenfreundlich.

Greta schaute kurz auf und antwortete nur knapp: «Nein.»

Hach! Erwischt! Voller Zuversicht fragte Lilith: «Du lügst mich doch grad an, oder?»

Erschrocken schaute Greta wieder hoch und beteuerte aufrichtig: «Ganz bestimmt nicht. Ich würde niemals lügen!»

Diese Antwort verursachte bei Lilith eine Gänsehaut. Sie schloss die Augen, atmete tief durch und versuchte, sich nicht aufzuregen.

Na bravo! Toller erster Tag! Eine volle Pleite war das bisher. Greta ist echt eine harte Nummer, sie bietet einfach keine Angriffsflächen.

Und die Eltern sind auch der Oberhammer. Ich musste mir stundenlang total bescheuertes Gelaber von denen anhören. Dieser Gabriel hat mir ausführlich die Gefühlslage sämtlicher Pflanzen erklärt, von wachstumsfördernden Liedern für seinen Obst- und Gemüseanbau berichtet und erzählt, dass er seit 20 Jahren einen Gemüsestand auf dem Markt betreibt, der ihn nicht reich, aber glücklich macht.

Nicht reich! Mein Stichwort. Ich sollte dem Waldschrat mal eine neue Perspektive aufzeigen. Gier schlummert in jedem Menschen, man muss sie nur wecken.

«Schon mal überlegt, das alles zu verkaufen und was Sinnvolles mit Ihrem Leben anzufangen?», habe ich mich also erkundigt.

Er kapierte gar nicht, was ich meinte, erzählte aber dann, dass sie für ihr riesiges Grundstück tatsächlich immer wieder Angebote von einem Bauträger bekommen, der dort eine Reihenhaussiedlung bauen will.

«Na super, das bringt doch bestimmt jede Menge Geld.»

«Oh ja, sehr viel Geld. Aber was sollen wir denn mit dem Geld anfangen?»

War die Frage ernst gemeint? Ich habe versucht, ihm auf die Sprünge zu helfen: «Wenn Sie so viel Geld haben, müssen Sie doch nicht mehr arbeiten.»

«Und dann?»

«Wie und dann?»

«Na, was sollen wir denn dann machen?»

«Das Leben genießen!»

«Oh, das tun wir doch jetzt schon!»

Scheiße, das ist echt schwieriger, als ich gedacht habe. Voll bescheuert, diese Birnsteins! Die gehören wohl zur Sekte ‹Ländliche Hippies mit Öko-Sendungsbewusstsein›. Würg. Aber ich muss mich sowieso auf Greta konzentrieren. Ich meine, wenn sie in einem solchen Umfeld aufwächst, kein Wunder, dass aus ihr nichts wird. Wie soll ich denn damit arbeiten?

Der Plan meines Vaters ist echt teuflisch! Aber das war ja zu erwarten. Paps hat also vor, mir eine Lektion zu erteilen. Und mich dann für immer in den Aktenkeller zu sperren? Nein, nicht mit mir! Der wird sich noch wundern. Hey, ich bin jahrelang im Bösesein ausgebildet worden, und ich bin immer noch die Tochter des Teufels. Dieses Landei im Strickkleid hat keine Chance gegen mich!

Am nächsten Morgen verließ Lilith das Haus, blieb vor der Tür stehen und sah sich missmutig um, während sie eine Lakritzschlange aus einer schwarzen Metallbox zog und hineinbiss.

Greta kam mit zwei Fahrrädern um die Ecke des Hauses und hatte etwas Mühe, beide gleichzeitig neben sich herzuschieben. Als sie Lilith sah, erschien gleich wieder dieses liebreizende Lächeln auf ihrem Gesicht.

«Schau, ich hab gestern das alte ...»

Lilith fiel ihr ins Wort. «Ist heute wieder Welt-Topflappen-Tag?», kommentierte sie mit einem abfälligen Blick auf Gretas Strickkleid.

«Das hat meine Mama gestrickt.» Greta klang ein wenig betroffen.

«Davon wird's auch nicht schöner.» Liliths Blick fiel auf die zwei Fahrräder, dann sah sie Greta vorwurfsvoll an. «Seh ich so aus, als ob ich mich auf ein Fahrrad setzen würde?»

«Na ja, ich ...»

«Wie kommen denn normale Menschen zur Schule? Mit dem Taxi?»

«Wir können mit dem Bus fahren ... aber ... das ist oft stressig für mich», stotterte Greta verunsichert.

Lilith horchte auf und lächelte böse. «Stress ist gut. Wir nehmen den Bus.»

Mit siegessicherem Lächeln lief sie aus dem Garten durchs Tor, bog rechts ab und ließ Greta einfach stehen. Greta stellte die Fahrräder ab und beeilte sich, Lilith einzuholen.

«Warte!», rief sie. Lilith stoppte nicht. «Wir müssen hier lang!» Greta deutete in die andere Richtung.

«Sag das doch gleich», blaffte Lilith sie an, machte eine 180-Grad-Wende und schritt davon. Wieder musste Greta hinter ihr hereilen.

Je näher sie dem Bus kamen, desto nervöser wurde Greta. Zu Liliths Freude.

«Hallo», begrüßte Greta freundlich den Busfahrer. Mit schüchternem Blick suchte sie nach einem freien Sitzplatz und entdeckte einen neben zwei cool gestylten Mitschülerinnen, die bereits im Bus saßen. Die beiden probierten ein Parfüm aus und schnüffelten an ihren Handgelenken.

«Hallo Melody, hallo Daria!», grüßte Greta höflich.

Melody runzelte die Stirn und schaute sie abschätzig an: «Sei mal leise, du Opfer.»

Daria beachtete Greta gar nicht, sie schnüffelte erneut an ihrem Handgelenk und schwärmte: «Oh mein Gott, das riecht richtig gut!»

Greta murmelte noch schnell: «Klar, kein Problem», bevor sie in die freie Sitzreihe rutschte.

«Wow, was war das denn?», fragte Lilith, während sie sich auf den Platz neben Greta fallen ließ.

Greta flüsterte: «Das sind Melody und Daria! Die haben zusammen eine Band. Die singen richtig schön!»

«So, so», antwortete Lilith mit hochgezogenen Augenbrauen. Greta schaute nach draußen, doch als sie eine Gruppe Jungs bemerkte, die sich dem Bus näherte, senkte sie schnell den Kopf und blickte zu Boden.

«Suchst du was?», fragte Lilith laut.

Greta flüsterte ängstlich zurück: «Verhalt dich still, dann passiert vielleicht nichts.»

Mit lautem Grölen betraten die drei Jungs den Bus. Das Geplapper der übrigen Schüler erstarb. Es war mucksmäuschenstill. Kaugummi schmatzend fragte der Wortführer, der einen Violinenkasten auf dem Rücken trug, in den Bus hinein: «Wer von euch Achmeds hat gestern Abend schon wieder Döner gefressen? Daria? Gibt es bei euch im Ghetto keine Zahnbürsten?»

Er und seine Jungs lachten hämisch. Auch Lilith lachte. Greta sah sie verständnislos an.

«Halt die Fresse, Eddie», erwiderte Daria wütend.

Eddie reagierte nicht. Stattdessen drehte er sich zu einem kleinen schmächtigen Jungen in einer der vorderen Sitzreihen um. «Taschen-Check, du Bettnässer.»

Der Junge kannte das wohl. Eingeschüchtert und gehorsam nahm er seinen eigenen Ranzen und kippte ihn aus. Eddie ging zufrieden weiter.

Lilith war begeistert: Endlich mal jemand nach ihrem Geschmack! Greta hingegen versuchte, sich so klein wie möglich zu machen, rutschte immer weiter ans Fenster und richtete ihren Blick starr nach unten.

Dann hielt Eddie neben ihnen. «Ach was. Miss Birkenstock spielt unsichtbar.»

Wieder freute sich Lilith über Eddies Unverschämtheit. Der kaute nun noch mal genüsslich auf seinem Kaugummi rum, nahm ihn dann aus dem Mund und klebte ihn Greta ins Haar.

Gelächter beim Rabauken-Trio und noch größeres Gelächter bei Lilith, während Greta wortlos und ergeben versuchte, den Kaugummi wieder aus ihrem Haar zu ziehen. War wohl nicht das erste Mal für sie.

Nun blickte Eddie auf Lilith herab.

«Und wer bist du?»

«Auf jeden Fall jetzt schon ein Fan von dir», lachte Lilith.

Erschrocken schaute Greta sie an. Was tat Lilith da? So reagierte man nicht auf Eddie! Außer man war auf eine riesige Portion Stress aus!

«Willst du mich verarschen?», fragte Eddie auch schon.

«Nee, grade nicht. Aber keine Sorge, kommt noch», entgegnete Lilith munter.

Eddie war über diese Antwort absolut nicht erfreut. «Erklär der Neuen mal die Regeln», wies er Greta an.

«Leg dich nicht mit ihm an!», flüsterte Greta schnell.

Das war für Lilith natürlich eine Aufforderung anderer Art. Lässig stand sie auf, drehte sich zu Daria und Melody um und griff nach dem Parfüm. «Melody, Schätzchen? Ich leih mir das mal, ja?»

Dann drehte sie sich wieder zu Eddie, stand ihm jetzt auf Augenhöhe direkt gegenüber, und ohne eine Miene zu verziehen, schraubte sie das Fläschchen auf, führte es an ihren Mund und trank. Aber sie schluckte nicht, sondern behielt das Parfüm im Mund, während sie in ihrer Jackentasche wühlte und schließlich ein Feuerzeug zückte. Sie hob die Hand mit dem Feuerzeug vor Eddies Gesicht.

Klick machte es, das Flämmchen erschien – und Lilith spuckte die Flüssigkeit direkt hinein.

Eine Stichflamme schoss auf den überraschten Eddie zu und hüllte seinen Kopf ein.

Eine Sekunde später war die Flamme wieder weg. Eddies Haare qualmten leicht, und seine Frisur sah nun aus, als hätte sie Mottenlöcher. Eddie konnte noch nicht ganz fassen, was gerade geschehen war, und griff auf seinen Kopf. Ihm fehlten nicht nur ein paar Büschel Haare, sondern auch die Worte.

Greta sah Lilith entgeistert an. Melody und Daria waren fassungslos. Lilith lachte teuflisch. Eddie öffnete den Mund, um etwas zu sagen, da ließ Lilith das Feuerzeug drohend erneut klicken.

Panisch ergriff Eddie die Flucht und stolperte zurück in den vorderen Teil des Busses, dicht gefolgt von seinen zwei Freunden. Er war völlig durch den Wind. Erneut griff er sich ins Haar und stellte entsetzt fest, dass da ja auch eine kahle Stelle war! Er riss seinem Freund dessen Mütze vom Kopf und zog sie an. So etwas war ihm noch nie passiert! Das schrie nach Rache!

Lilith sah sich im Bus um, aber niemand traute sich zu lachen. Alle taten, als hätten sie nichts gesehen. Lilith schüttelte den Kopf: «Was für ein Loser.»

Als der Bus an der Schule anhielt und alle ausstiegen, war Greta völlig aufgelöst.

«So was kannst du doch nicht machen!», jammerte sie.

«Hast doch gesehen, dass ich's kann.»

«Ja, aber das war total schlimm!», versuchte Greta verzweifelt zu erklären. Sie konnte immer noch nicht begreifen, was da eben im Bus passiert war.

Lilith blieb stehen und fixierte Greta mit ihrem Blick. Dieser Eddie hatte sie doch übelst behandelt. Mit Wut und Hass hatte es Greta anscheinend nicht so, aber sie müsste doch nun zumindest eine gehörige Portion Schadenfreude empfinden!

Ein böses Lächeln umspielte Liliths Mundwinkel. «Jetzt sei mal ganz ehrlich. Was hast du gefühlt, als ich dem Kleinen die Locken geföhnt habe?»

«Ich bin total erschrocken!»

«Dein allererstes Gefühl?»

«Ich hatte Angst um dich!»

Lilith traute ihren Ohren nicht. Dieses Mädchen war doch nur voll panne! Verärgert drehte sie sich um und lief Richtung Schulgebäude. Greta hastete verwirrt hinter ihr her.

Vor dem Gebäude hatte sich eine Traube von Schülern versammelt, die wie gebannt nach oben starrten.

Der Direktor der Schule, Papenhoff, stand in der Mitte. «Wildeck!», rief er erzürnt. «Sie kommen da sofort runter!»

Lilith folgte dem Blick der Menge und sah einen Typen auf dem Dach sitzen, die Beine lässig über die Kante baumelnd. Er hatte eine Zigarette in der Hand und die Kapuze seines Hoodies über den Kopf gezogen.

«Ich rauch noch fertig», antwortete er.

«Das tun Sie nicht!», wütete Direktor Papenhoff.

«Verhindern Sie es doch», gab der Typ gelangweilt zurück.

«Sie fliegen von der Schule!», drohte der Direktor und wurde immer wütender.

«Das versprechen Sie mir jedes Mal», lachte der Typ.

Lilith ließ ihn nicht aus dem Blick, während sie Greta fragte: «Wer ist das denn?»

«Das ist Samuel. Der macht immer so komische Sachen.»

«Sympathisch», nickte Lilith.

«So! Ich ruf jetzt die Feuerwehr!» Direktor Papenhoff zückte sein Handy.

Samuel erhob sich, sprang von oben auf ein Vordach und von dort direkt vor den Haupteingang der Schule. Mit dem Rücken zu den anderen Schülern richtete er sich auf, steckte die Hände in seine Jackentaschen und schlenderte lässig, ohne einen Blick an jemanden zu verschwenden, in das Gebäude hinein.

Papenhoff steckte sein Handy weg und wandte sich an die Schüler. «Was steht ihr denn hier jetzt so rum und gafft? Rein jetzt!»

In der ersten Stunde hatten sie Mathe, eine Klausur war angesetzt. Lilith hielt nicht viel von Lehrern und Unterricht, aber sie musste ja an Gretas Seite bleiben, schließlich hatte sie eine Aufgabe zu erfüllen.

Im Klassenraum setzte sie sich neben sie, platzierte ihre schwarze Box in der Mitte des Tischs, fischte sich eine Lakritzschlange heraus und begann gelangweilt daran zu nagen. Greta sortierte derweil fein säuberlich ihre Schreibutensilien vor sich.

Frau Engelhard, eine junge Referendarin, war dabei, die Klausurzettel auszuteilen. Sie ging durch die Tischreihen und legte jeweils ein Blatt verdeckt vor jeden Schüler.

Samuel, der ein paar Reihen vor Lilith und Greta saß, warf sie einen kurzen Blick zu.

«Samuel, es wäre schön, wenn du diesmal an der Klausur teilnimmst.»

«Das kann ich leider nicht garantieren.»

«Das dachte ich mir», seufzte Frau Engelhard.

«Viel Glück», sagte sie, als sie Greta den Zettel hinlegte. Dann wandte sie sich an Lilith und lächelte freundlich. «Ich hoffe, in Saarlouis seid ihr genauso weit mit dem Stoff wie wir …»

Lilith verzog nur kurz das Gesicht.

Als Frau Engelhard zur nächsten Reihe gegangen war, drehte sie den Zettel um, sah sich die Aufgaben an, zog ihr Tablet aus der Tasche und legte es unter dem Tisch auf ihren Schoß.

«Was machst du?», fragte Greta nervös und schaute Lilith dabei zu, wie sie das Tablet anschaltete. Lodernde Flammen erschienen als Willkommensbild.

«Saarland-Style. Bei uns muss man nur wissen, wo die Antwort steht.»

Verunsichert schaute Greta zu Frau Engelhard hinüber und dann wieder zu Lilith, die schon eifrig auf dem Tablet herumtippte.

«Na bitte!» Lilith blickte zufrieden auf das Display.

Greta wagte nun auch, kurz hinüberzuspähen, und erschrak: «Die Lösungen?»

Grinsend hielt Lilith den Bildschirm so, dass Greta ihn besser sehen konnte: «Willst du mit abschreiben?»

«Nein», stieß Greta ängstlich hervor und wandte ihren Blick ab.

Lilith war enttäuscht. Dieses Mädchen ließ sich ja wirklich zu gar nichts verführen! Na gut, aber es war den Versuch wert, und sie würde Gretas Schwäche schon noch finden.

Frau Engelhard hatte alle Klausuren verteilt und setzte sich nun wieder vorne hinter ihr Pult.

«So, die Zeit läuft ab jetzt. Viel Spaß!»

Samuel hatte aus dem Klausurzettel inzwischen einen Origami-Kranich gefaltet. Er stand auf, ging nach vorn und legte der Mathelehrerin den Kranich auf den Tisch.

«Tut mir leid, Frau Engelhard. Aber ist nicht mein Ding.»

«Du weißt, dass ich das melden muss?», seufzte Frau Engelhard.

Samuel war bereits an der Tür. «Ja klar», rief er uninteressiert über die Schulter und verließ den Raum.

Lilith sah Samuel hinterher. Endlich mal ein cooler Typ in Birkenbrunn!

Nachdem Lilith die Klausur fertig geschrieben hatte, schaute sie gelangweilt aus dem Fenster und kaute auf einer weiteren Lakritzschlange herum. Alle anderen Schüler waren noch eifrig am Rechnen.

«Alle zum Ende kommen, bitte», sagte Frau Engelhard schließlich.

Zufrieden machte Greta ihren Stift zu und schaute auf Liliths Klausur. Da fiel ihr auf, dass in der oberen Ecke des Blattes ein B stand. Aber Lilith hatte die Lösungen von A abgeschrieben. Liliths Lösungen waren also alle falsch.

Lilith hob derweil lässig ihre Klausur hoch und wedelte sie hin und her, sodass Frau Engelhard auf sie aufmerksam wurde. Die stand auf, um den Zettel entgegenzunehmen. Greta schaute panisch von der Lehrerin zu Lilith und wieder zurück. Irgendwas musste sie tun, sonst würde auffliegen, dass Lilith abgeschrieben hatte. Kurz entschlossen riss sie Lilith das Papier aus der Hand und fing an, es zu zerknüllen.

«Was machst du denn? Du kannst doch nicht ...», rief Frau Engelhard erschrocken und eilte zu Gretas und Liliths Tisch.

Mit großen ängstlichen Augen schaute Greta ihre Lehrerin an und stopfte sich dann hastig Liliths zerknüllte Klausur in den Mund.

Frau Engelhard schnappte nach Luft.

«Auch wenn wir Recyclingpapier verwenden, spuck es wieder aus!»

Greta schüttelte energisch den Kopf und konnte selbst nicht ganz fassen, was sie da gerade getan hatte.

«Du meldest dich im Direktorat», ordnete Frau Engelhard an.

Greta nickte ergeben.

Als sie das Klassenzimmer verließen, war Lilith bester Laune. Miss Birkenstock hatte also doch Potenzial! Sehr gut! Sie sah Greta begeistert an.

«Alter! Die Mathemaus war voll durch den Wind. In dir steckt ja doch ein bisschen Bosheit!»

Greta zog sich mit hochrotem Kopf den Zettel wieder aus dem Mund.

«Das habe ich für dich gemacht!»

Lilith warf ihr einen überraschten Blick zu.

«Du hattest den Test B und hast die Lösungen von A draufgeschrieben!»

«Oh ...», entglitt es Lilith enttäuscht. Toll, von wegen böse. Die wollte bloß nett sein.

«Ich krieg bestimmt Ärger!», jammerte Greta weiter.

Lilith verdrehte die Augen. «Selber schuld, wenn du so dumm bist und mir hilfst!»

Greta blieb fassungslos stehen. «Was? Wieso bist du denn immer so gemein?»

«Sag mal, geht's noch? Mir jetzt auch noch Vorwürfe machen?» Lilith funkelte Greta böse an.

«Tut mir leid ...», erwiderte Greta sofort kleinlaut.

Lilith reagierte gespielt gutmütig: «Ist schon okay, ich verzeih dir.»

Erleichtert versuchte Greta, sie zu umarmen. «Danke!»

Angewidert wich Lilith zurück. «Lass das!», fauchte sie.

Auf einmal hörte sie Stimmen hinter sich und drehte sich um. Die Tür zum Direktorenzimmer war einen Spalt weit offen. Lilith schlich näher heran, um das Gespräch zu belauschen. Vorsichtig spähte sie in das Zimmer hinein.

«Warum spielt denn nicht das Helmholtz-Quartett?», fragte Direktor Papenhoff, während er auf den Programmzettel sah, den Herr Seidel, sein Stellvertreter, ihm gerade gegeben hatte.

«Das hatten wir schon vier Mal im Programm!», antwortete Seidel.

«Ja, na und? Ist doch ein Hochgenuss! Und das sage ich nicht nur, weil mein Sohn die Violine spielt!»

«Nee, natürlich nicht», antwortete Seidel und versuchte den ironischen Ton zu unterdrücken.

Papenhoff fuhr fort: «Und dann darf bei dieser Veranstaltung eins nicht fehlen ...» Erwartungsvoll schaute er seinen Stellvertreter an. Nachdem der den Satz nicht für ihn vervollständigte, musste er das selbst tun: «Mein Vortrag! Dieses Jahr werde ich über meine Afrikareise berichten.»

«Hm, die wieder der Förderverein finanzieren musste?» Diese Frage konnte sich Seidel nun nicht verkneifen.

«Wie ich die Gelder verwende, geht Sie nichts an!» Ärgerlich schaute Papenhoff Seidel an und atmete tief ein. «Außerdem mache ich das natürlich nur für die Schule!»

«Für die Schule. Selbstverständlich.»

Okay, das war nun blanke Ironie, stellte Lilith fest. Die Stimmung zwischen den beiden Männern wurde immer angespannter.

«Also, dann sind wir uns ja einig. Bis morgen möchte ich ein überarbeitetes Programm!» Papenhoff reichte Seidel den Zettel zurück. Der drehte sich um und ging Richtung Tür.

Schnell huschte Lilith davon. Greta blieb etwas verwirrt stehen und schaute ihr hinterher.

«Kann ich dir helfen?», fragte Seidel, als er Greta vor der Tür entdeckte.

«Hallo Herr Seidel, ich soll mich beim Direktor melden», antwortete Greta bedrückt.

Herr Seidel zog die Augenbrauen hoch. «Du? Na, da komme ich mal besser mit.»

Greta kann noch nicht mal vernünftig an einer Tür lauschen. Wie sie da einfach stehen blieb, als Seidel rauskam! Hoffentlich handelt sie sich nun nicht nur für den aufgegessenen Zettel, sondern auch dafür eine gehörige Portion Ärger ein.

Ich stehe inzwischen auf dem Schulhof, versuche, einen besseren Überblick über Gretas Umfeld zu bekommen, und beobachte die Schüler. Alles armselige, schwache Wichte, das erkenne ich sofort. Einige stehen in Gruppen zusammen und lästern, andere führen sich großspurig auf, um Anerkennung zu erheischen. Wieder andere stehen etwas verloren herum und beäugen missgünstig die coolen Kids. Zickenkrieg bei den Mädels, dumme Sprüche und Rangeleien bei den Jungs. Unsicherheit und der Wunsch zu gefallen – alles normal in der Welt der Teenager. Überall sehe ich Hochmut, Gier, Neid, Zorn, Faulheit, Wollust und Völlerei. Ja, die sieben Todsünden sind alle vertreten. Jeder hier wäre ein leichtes Opfer für mich gewesen. Aber nein, Paps hat ausgerechnet Greta Birnstein für mich ausgewählt. Klar, genau deshalb: Weil sie eben kein normaler Teenager ist. Wie denn auch – mit solchen Vorbildern wie Gabriel und Sibylle?

Gabriel besingt seine Pflanzen, und Sibylles Leben besteht offensichtlich darin, für den Weltfrieden zu stricken und Obst biologisch-dynamisch zu Marmelade zu verarbeiten. Und dazwischen bleibt ihnen immer noch genug Zeit, sich gegenseitig verliebte Blicke und Luftküsschen zuzuwerfen. Immer lieb, immer reizend, immer verständnisvoll, nie laut flöten sie nur sülziges Zeug in die Gegend. Das Leben ist für sie ein Ponyhof. Na ja, in ihrem Fall wohl eher ein Obstgarten und Strickparadies. – Es ist also wirklich kein Wunder, dass Greta so blauäugig und leicht vertrottelt durch die Gegend läuft. Und ihre kleinen Schwestern zeigen ebenfalls schon alle Anzeichen dieser sinnlosen Dauerfreundlichkeit. Diese Familie ist Lichtjahre entfernt von der Realität, die sich hier auf dem Schulhof abspielt.

Aber da ist noch etwas anderes, was ich deutlich erkenne, wenn ich mich auf dem Schulhof umsehe: Den Mädchen scheint es in erster Linie darum zu gehen, die Aufmerksamkeit der Jungs auf sich zu ziehen, und die Jungs wollen die Mädchen beeindrucken. Dafür machen sie sich zum Affen. Verliebtsein hat sehr beunruhigende Auswirkungen auf die Fähigkeit, normal zu reden und zu denken, denn das Hirn ist offensichtlich ausgefüllt mit Gedanken wie: Findet sie mich gut? Sehe ich gut aus? Was kann ich tun, damit er sich in mich verliebt?

Also, im Endeffekt dreht es sich immer um Liebe. Das ist die größte Schwachstelle der Menschheit. Jämmerlich! Wie gut, dass Teufel gegen solche Gefühle immun sind! Das macht uns stark, und deshalb sind wir den Menschen überlegen.

Das wäre ein wesentlich spannenderes Thema in meinen langweiligen Unterrichtsstunden gewesen. Hätte mich viel mehr interessiert, als immer und immer wieder die sieben Todsünden runterbeten zu müssen. Denn diese Sucht nach Liebe ist das perfekte Instrument, die Menschen böse zu machen! Aber sowohl mein Vater als auch dieser bescheuerte Lehrer meinen, die Theorie der sieben Todsünden sei die Grundlage für die Arbeit des Teufels und das müsse ich erst mal lernen, wenn ich richtig böse sein wolle.

Was gibt es da zu lernen? Bösesein liegt mir im Blut! Ich bin schließlich die Tochter des Teufels!

Greta kam aufgeregt zu Lilith gelaufen und riss sie aus ihren Gedanken.

«Und, wie war's?», erkundigte sich Lilith.

«Keine Strafe!», strahlte Greta erleichtert. Mit schlechtem Gewissen fügte sie hinzu: «Aber der Direktor hat recht, ich hätte es nicht tun sollen.»

Lilith stöhnte genervt. Wieder kein Stress für Greta! Die war nicht nur widerlich nett, sondern auch ein widerlicher Glückspilz. Was musste passieren, um sie aus der Fassung zu bringen?

In der Nähe hörte Lilith ein paar Jungs herumpöbeln. Eddie mit seinen Freunden. Ihr Blick fiel auf Eddies Violinenkasten. Sie deutete mit dem Kopf zu der Jungsgruppe und fragte: «Dieser Eddie ... ist das der Sohn von dem Direktor-Schnösel?»

«Ja», nickte Greta.

«Na, du Wollknäuel, haste endlich 'ne Freundin gefunden?», spottete Daria, die von Melody begleitet an ihnen vorbeistolzierte.

«Auf jeden Fall hat sie 'ne Zeitmaschine!», lachte Melody. Und über die Schulter rief sie Greta noch zu: «Hör mal auf, dir deine Klamotten im Mittelalter zu kaufen!»

Lilith betrachtete Greta forschend und wartete auf eine Reaktion. Doch es kam nichts.

«Macht dich das nicht wütend, dass die dauernd auf dir rumhacken?»

Greta zuckte nur mit den Schultern. «Ich hab mich dran gewöhnt.»

Verständnislos schüttelte Lilith den Kopf. Sie wollte Greta gerade einen Vortrag halten, da wurde sie von einem gutaussehenden Typen abgelenkt, der an ihnen vorbeilief. Er kam Lilith irgendwie bekannt vor. Dann erinnerte sie sich auf einmal.

«Hey! Das ist er doch!»

Da Greta sie nur verwundert ansah, deutete Lilith auf den Jungen.

«Der Typ, mit dem du deinen ganzen Kleiderschrank zugepflastert hast!», rief sie laut.

Greta zuckte zusammen und öffnete den Mund, bekam aber kein Wort raus.

«Du wirst ja knallrot. Ach so, ist dir das jetzt peinlich?», piesackte Lilith.

«Nein! Ähm, ich äh ...», stotterte Greta verunsichert.

Lilith musterte sie von oben bis unten: «Wahnsinn! Du bist ja fix und fertig! Nur weil dieser Typ hier einmal vorbeilatscht!»

«Du Arschloch, du verlogener Vollidiot!», schrie auf einmal ein Mädchen und begann, mit ihrer Tasche wütend auf den Typen einzuschlagen.

«Was ist denn mit dir los?», fragte der verblüfft.

«Vielleicht machste das nächste Mal erst mal Schluss, bevor du was mit der Nächsten anfängst?», keifte das Mädchen zurück.

«Okay, ich mach Schluss», antwortete er gelassen.

«Ich glaub's nicht! Das kannst du nicht bringen! Du bist so ein Arschloch! Ich hasse dich!»

Das Mädchen schlug immer wieder auf ihn ein, bis ihre Freundin sie von ihm wegzog.

Lilith war entzückt. Hier war ja doch was los auf diesem Schulhof!

«Das passiert leider öfter. Carlo ist ein ziemlicher Aufreißer», erzählte Greta.

Die Szene hatte Lilith gefallen. Wie dieses Mädchen ausgerastet war!

«Der blanke Hass ...», murmelte sie begeistert.

«Ist ja auch verständlich, wenn man einfach so abserviert wird», seufzte Greta.

Sie schaute wieder zu Carlo rüber, der sich inzwischen einen Apfel aus seinem Rucksack gefischt hatte und tiefenentspannt reinbiss, als wäre eben nichts Ungewöhnliches vorgefallen.

Lilith sah Gretas verliebten Blick und witterte sofort ihre Chance.

«Heißt das, du würdest genauso ausrasten, wenn er so was mit dir machen würde?», hakte sie nach.

«Na, mit mir spricht er ja noch nicht mal», sagte Greta.

Das lässt sich ändern, dachte sich Lilith und lächelte Greta zuckersüß an. «Süße, holst du mir bitte mal Lakritz? Die Schlangen.»

Greta stutzte kurz, nickte dann jedoch und machte sich auf den Weg. Sie war viel zu lieb, um jemandem eine Bitte abzuschlagen.

Lilith richtete ihren Blick auf Carlo. Für einen Sekundenbruchteil loderten kleine Flämmchen in ihren Augen auf, dann lief sie mit energischen Schritten auf ihn zu.

Als Carlo Lilith sah, schaltete er sofort in den Flirtmodus. «Hey, na? Neu hier?», zwinkerte er sie an.

Lilith rümpfte kurz die Nase. «Lass stecken. Ich will dir nur 'nen Deal anbieten. Kennst du Greta Birnstein?»

Sie sah zum Verkaufsstand auf dem Schulhof, wo Greta sich angestellt hatte, um die gewünschten Lakritzschlangen zu kaufen. Carlo folgte ihrem Blick.

«Miss Birkenstock?», fragte er und verlor schon das Interesse an dem Gespräch.

«Was würde es mich kosten, wenn du sie anmachst? Ihr das Gefühl gibst, das coolste Mädchen auf der ganzen Welt zu sein?» Lilith schaute Carlo verschwörerisch an.

Nun war er verwirrt. «Ist das 'n Witz oder so was?»

«Nein, das ist ein Streich, du Horst! Und ich bezahl dich auch dafür. Du bist doch käuflich, oder?»

«Ich bin DJ, ich mach Mucke.» Carlo biss noch einmal in seinen Apfel.

Lockend sagte Lilith: «Na, hör mal, für irgendwas wirst du ja wohl Kohle brauchen.»

Carlo überlegte kurz und bekam dann einen träumerischen Blick. Kauend antwortete er: «Waldorf Rocket. Das ist der beste Synthi, der gerade auf dem Markt ...»

Er brach ab, als Lilith ihm auf einmal 200 Euro vor die Nase hielt. «Wir sind im Geschäft.»

Carlo beäugte zuerst das Geld und dann Lilith. Sie hatte ihn überzeugt.

«Okay, was soll ich machen?», fragte er.

«Spiel Greta vor, du wärst in sie verknallt», befahl sie.

Hilflos schaute Carlo sie an. Er kapierte es nicht.

Lilith rollte genervt mit den Augen und verlor langsam die Geduld. «Fang was mit ihr an!»

«Das ist alles?», wunderte sich Carlo und sah wieder auf die 200 Euro.

Lilith nickte. Grinsend griff Carlo nach dem Schein, aber Lilith zog ihn mit einem Ruck zurück. Dann riss sie den Schein langsam und fein säuberlich in der Mitte durch und hielt Carlo eine Hälfte hin.

«Die andere Hälfte kriegst du, wenn du Greta wieder in den Wind schießt.»

Carlo grinste und warf sich erneut in Flirtpositur. «Du bist ganz schön krass drauf. Dich würde ich auch umsonst anmachen.»

Lilith lachte verächtlich. «Tut mir leid, ich bin ein paar Nummern zu groß für dich. Also, in drei Tagen machst du wieder Schluss mit ihr»

Mit einer nachdrücklichen Handbewegung scheuchte sie Carlo zu Greta.

Der schaute etwas verwirrt. «Jetzt?»

«Ja!», entgegnete Lilith scharf.

Carlo drehte sich brav um, ging zu Greta und sprach sie an. Greta brauchte einen Moment, bis ihr klar wurde, dass Carlo tatsächlich mit *ihr* redete. Wie vom Donner gerührt war sie nur in der Lage, ihn fasziniert mit großen Augen anzusehen. Lilith lächelte zufrieden. Sehr schön! Teil eins ihres bösen Plans war also in Bewegung gesetzt.

Sie ließ ihren Blick wieder über den Schulhof schweifen und blieb an Samuel hängen, der sie ungeniert anschaute. Er saß am Rand des Schulhofs lässig auf einer Bank, eine unangezündete Zigarette in der Hand. Er ließ sie nicht aus den Augen und grinste sie schließlich an, als auch sie ihren Blick nicht abwandte.

Ein unangenehmes Gefühl machte sich in Lilith breit. Nein, nicht wirklich unangenehm. Merkwürdig. Anders. Neu.

Ohne den Blickkontakt mit Lilith zu unterbrechen, stand Samuel auf, klemmte sich lächelnd die Kippe zwischen die Lippen. Dann drehte er sich um und ging davon.

Bevor Lilith wusste, was sie tat, lief sie in die Richtung, in die Samuel eben verschwunden war.

Nachdem Lilith das Schulgelände verlassen hatte, ging sie die Straße entlang, bog um die Ecke und entdeckte Samuel weiter unten in einer Gasse, rauchend, gegen die Hauswand gelehnt. Entschlossen lief sie auf ihn zu, vorbei an einem Kiosk, wo drei taumelnde Männer sich an ihren kleinen Schnapsfläschchen festhielten.

Direkt vor Samuel blieb sie stehen und blickte ihm selbstbewusst in die Augen. Er sah sie an. Da lag etwas in seinem Blick. Lilith bemühte sich, ihr Gesicht ausdruckslos zu halten.

«Haste mal 'ne Kippe?», fragte sie cool.

Samuel holte wortlos eine Zigarette hervor, reichte sie ihr und gab ihr dann Feuer. Sie wollte ihre Hand um die Flamme halten, zuckte jedoch sofort zurück, als sie Samuels Fingern zu nahe kam. Keine Berührungen! Samuel fiel es auf, aber er kommentierte es nicht.

Lilith zog an der Zigarette und musterte ihn. «Du bist also der Schulclown?»

Samuel grinste breit: «Sehe ich aus wie ein Clown?»

Als Lilith etwas darauf erwidern wollte, wurden sie plötzlich von Eddies Stimme unterbrochen.

«Wo ist meine Rolex, Wildeck?», brüllte er wütend. Er war mit seinen beiden Freunden neben dem Kiosk aufgetaucht und offensichtlich auf Krawall gebürstet.

Die Männer, die weiter an ihren Getränken nuckelten, schauten auf, erfreut darüber, dass hier nun etwas Unterhaltung geboten wurde.

«Wo hattest du sie denn zuletzt?», fragte Samuel entspannt zurück.

«Beim Sport, und das weißt du genau, da hast du sie mir nämlich gezockt», gab Eddie gereizt zurück.

Samuel grinste. «So was würde ich nie tun.»

Nun drehte sich Eddie zu seinen beiden Kumpels um und befahl ihnen, sich Samuel zu schnappen. Sofort setzten sie sich in Bewegung,

Samuel ging frontal auf die beiden zu, sprang aber im letzten Moment zur Seite und kletterte geschickt an der Wand eines kleineren, flachen Gebäudes nach oben. Als er auf dem Dach stand, zog er provokant Eddies Rolex aus der Tasche und ließ sie lockend baumeln.

Eddies Jungs drehten sich hilflos zu ihrem Boss um. Ganz offensichtlich wussten sie nicht, was sie ohne seine Anweisungen tun sollten.

«Los, holt die Uhr!», schrie Eddie.

«Wie denn, Eddie? Er ist auf'm Dach!»

«Ja, das seh ich selber, du Vollidiot!», blaffte Eddie ihn an.

Lilith gefiel die Szene, sie lachte laut. Es war für Eddie kaum zu ertragen, dass die Neue, die ihn nicht nur Haare, sondern auch noch Ansehen gekostet hatte, ihn jetzt auslachte. Er schob seine Mütze zurecht und deutete auf Lilith. «Dann schnappt euch die da!»

«Sie hat die Uhr doch gar nicht», wunderte sich der eine von Eddies Gehilfen.

Der andere hatte schon weitergedacht. «Du meinst, so als Geisel?»

Eddie rollte die Augen und wurde immer wütender. «Jetzt macht!»

Seine beiden Anhänger schauten sich kurz an. Ein Mädchen? Na gut, wenn ihr Boss das sagte, dann hatte er wohl einen Plan. Sie zuckten mit den Schultern und gingen auf Lilith zu.

Lilith genoss den Moment in vollen Zügen. So viel Ärger, Zorn, Wut und Dummheit, die hier in der Luft lagen – wunderbar fühlte es sich an. Lilith ließ die beiden ganz nah an sich herankommen, zog dann blitzschnell und völlig mühelos ein Verkehrsschild aus seiner Halterung auf dem Boden und startete damit ihren Angriff. Die Jungs hatten keine Chance gegen sie.

Samuel hatte die ganze Szene vom Dach aus beobachtet. Er wollte eigentlich gerade herunterspringen, um Lilith zu helfen, doch als er ihre Kampfkünste sah, hielt er erstaunt inne.

Mit Leichtigkeit, Eleganz und teuflischer Geschwindigkeit parierte Lilith jeden Angriff, wirbelte die Jungs durch die Luft, und als sie das Interesse an dem Kampf verloren hatte, setzte sie beide außer Gefecht.

Eddies Kumpels lagen nun auf dem Boden wie hilflose Käfer auf dem Rücken. Alles war so schnell vonstattengegangen, sie wussten gar nicht, wie ihnen geschehen war. Nur eins war ihnen klar: Mit diesem Mädchen sollte man sich besser nicht anlegen!

Die Schnapsbrüder am Kiosk johlten vor Freude.

Lilith trat an die beiden heran, schaute von oben auf sie herab und ließ kleine Flämmchen in ihren Augen tanzen. Als die Jungs das Flackern in Liliths Augen sahen, rappelten sie sich panisch hoch und ergriffen die Flucht. So schnell sie konnten, rannten sie davon, vorbei an Eddie und immer weiter. Egal, was ihr Boss nun mit ihnen machen würde, für sie war Lilith mit Abstand das größere Übel.

Eddie schaute ihnen fassungslos nach.

Die drei Männer am Kiosk klatschten begeistert in die Hände, und auch Samuel applaudierte. Tolle Show!

Eddie stand nun ganz alleine da und überlegte tatsächlich kurz, ob er Lilith selbst angreifen sollte. Doch als Lilith ihn ansah und einen einschüchternden Schritt auf ihn zu machte, zuckte er sofort erschrocken zurück. Flashbacks von der Busszene schossen ihm durch den Kopf.

Nein, das war jetzt nicht der Moment, sich mit diesem Mädchen anzulegen. Das musste sorgfältig geplant sein.

Wieder erklang Grölen von den drei Männern am Kiosk.

Einer von ihnen rief Eddie zu: «Traust dich nicht, oder was?»

Eddie warf Lilith noch einen hasserfüllten Blick zu und ging dann langsam rückwärts. Um nicht jeglichen Stolz zu verlieren, spuckte er verächtlich auf den Boden, drehte sich dann aber schnell um und rannte in die Richtung, in die seine abtrünnigen Freunde verschwunden waren, davon. Die würde er jetzt erst mal rund machen.

Samuel sprang vom Gebäude hinunter und grinste Lilith an. «Haste noch andere Hobbys?»

«Stricken.» Lilith deutete auf die Rolex in Samuels Hand. «Und was machst'n jetzt damit?»

Samuel betrachtete die Uhr, dann drehte er sich zu den Männern am Kiosk und rief: «Hey! Fang!» Dann warf er einem von ihnen die Uhr zu.

Der Mann fing sie trotz seines Alkoholpegels geschickt auf, streifte die goldene Rolex über und zeigte sie stolz in die Runde. «Frag mich mal, wie spät es ist!»

«Brauch ich nicht. Zeit für 'ne neue Runde Korn!», lallte einer zurück.

Die drei Schnapsbrüder lachten schallend und waren bester Laune.

Lilith war etwas erstaunt, dass Samuel die Uhr einfach so verschenkt hatte. Wollte er sie nicht selber behalten? Oder verticken und das Geld benutzen, um sich irgendwas zu kaufen? So ganz verstand sie den Kerl nicht.

Samuel drehte sich nun wieder zu Lilith. «Hunger?», fragte er grinsend.

Kurze Zeit später standen beide an einem Imbissstand, futterten Currywurst und beobachteten eine alte Frau mit Rollator, die die Straße überquerte. Lilith stöhnte.

«Ist ja voll das Kaff hier. Was macht man denn, wenn man Spaß haben will?»

«Man geht zum Bahnhof und kauft sich ein Ticket in die nächste Großstadt.»

«Und wie oft machst du das?»

«Viel zu selten. Aber ich bin sowieso nicht mehr lange da.»

«Ach ja? Wohin geht's denn?»

Samuel kramte aus seiner Hosentasche ein Zugticket hervor und hielt es Lilith hin. «Ich hau ab! Nach Berlin.»

Lilith horchte auf. Endlich mal ein normaler Teenager. Er wäre perfektes Ausgangsmaterial für sie. Tja, aber leider war er nicht ihre Zielperson.

«Einfach Schule schmeißen? Wow, volles Risiko», lobte sie dennoch. «Wann geht's los?»

«Bald. Ich muss nur noch ein bisschen Kohle sparen.»

Samuel steckte das Ticket zurück in seine Hosentasche und schob sich noch ein Stück Wurst in den Mund.

«Du musst sparen und verschenkst Eddies Rolex?», fragte Lilith verwirrt.

«Ich hab sie ihm ja nur geklaut, um ihn zu ärgern.»

«Ich glaube, wir müssen mal ein bisschen an deiner Haltung arbeiten, junger Mann», rutschte es Lilith raus.

Samuel schaute sie an. «Wie meinst du das?»

Nein, das wollte sie jetzt nicht erläutern. «Nur so.» Und

schnell das Thema wechseln. «Voll lecker, die Wurst», sagte sie.

Samuel ging nicht weiter auf Liliths Kommentar ein. «Na ja, wenigstens ist das Meer gleich um die Ecke.»

«Was, echt?», rief Lilith überrascht.

Sie schaute Samuel mit weit aufgerissenen Augen an. Der war sehr überrascht von ihrer Reaktion und zog fragend die Augenbrauen hoch.

«Ich war noch nie am Meer», erklärte Lilith.

«Woher kommst du?», fragte Samuel.

«Aus der ... ähm, aus Saarlouis.» Lilith blickte auf ihre Currywurst und schob ein Stück in der Soße etwas hin und her.

Samuel nickte kurz und zeigte dann in Richtung der Kirche, die mitten im Ort stand. «Siehst du den Turm? Von da aus kann man es sehen.»

Lilith machte ein unglückliches Gesicht. «Kirchen sind nicht so mein Ding.»

«Ja, meins auch nicht, aber wir müssen ja auch nicht gleich beten.»

Kurz darauf standen die beiden vor der Kirche. Samuel hielt Lilith die Tür auf.

Sie zögerte, atmete dann tief durch und trat ein. Sofort fing sie an zu frösteln. Sie schlang die Arme um sich und blieb kurz stehen. Ihr war eisig kalt und sie konnte nur noch schwer atmen. Für sie war es unheimlich und gruselig. Samuel schaute sie kurz an und ging dann vor. Langsam folgte Lilith ihm. Als sie an einem Weihwasserbecken vorbeikam, fing das Wasser auf einmal an zu brodeln, und Rauch stieg auf.

Als Samuel die plätschernden Geräusche hörte, drehte er sich fragend zu Lilith um. Die stellte sich schnell vor das Becken, um den Rauch zu verdecken, lächelte nervös und machte eine antreibende Geste.

Samuel ging weiter, den Hauptgang der Kirche entlang, Richtung Altar. Lilith folgte ihm, frierend und mühsam atmend. Immer wieder blickte sie sich ängstlich um. Auf dem Altar lag eine große aufgeschlagene Bibel. Als Lilith daran vorbeiging, fingen die Seiten an, sich von selbst umzublättern, immer schneller, bis das Buch schließlich mit einem lauten Geräusch komplett zuschlug. Wieder drehte sich Samuel verwundert um.

«Na los, beeil dich», drängte Lilith und hoffte, dass er nichts bemerkt hatte.

Wortlos wandte sich Samuel zum Seitengang und ging zu der Treppe, die in den Glockenturm hochführte. Lilith folgte ihm.

Der Turm hatte eine Aussichtsplattform. Unter dem gewölbten Dach hing die Glocke, ein Seil führte durch einen offenen Schacht bis nach unten. Vorsichtig liefen sie um die Öffnung herum und traten dann an das Geländer der Plattform.

Lilith atmete tief durch. Langsam ging es ihr wieder besser. Sie sah in die Ferne und war überwältigt vom Anblick des Meeres. Ehrfürchtig und fasziniert strahlte sie.

Samuel beobachtete sie und hatte Spaß an ihrer kindlichen Freude. Er stellte sich ganz nah neben sie und blickte nun auch zum Meer. Die Stimmung war friedlich, harmonisch und romantisch.

Der Moment dauerte jedoch nicht lange. Ein Ruck ging durch Lilith, und ihr kühler, abweisender Gesichtsausdruck kehrte zurück. Sie drehte sich zu Samuel.

«So, und jetzt?»

«Wie: und jetzt?», fragte Samuel.

«Unten stehen voll die wertvollen Sachen rum. Nimm sie mit und vertick sie. Für Berlin.»

Samuel lächelte kurz und erwiderte ruhig: «Auf keinen Fall. Ich beklau nur Arschlöcher.»

«Ist ja langweilig. Haste Angst, oder was? Also, ich hab dich anders eingeschätzt», provozierte Lilith und sah ihn herausfordernd an.

Fehler!

Mit einem Mal griff Samuel Liliths Gesicht und küsste sie. Entsetzt riss Lilith die Augen auf, Flämmchen flackerten auf, sie war in Panik. Mit voller Wucht stieß sie Samuel von sich.

«Sag mal, spinnst du?», schrie sie.

Liliths Stoß war so heftig, dass Samuel weit nach hinten flog, auf den offenen Schacht zu. Im letzten Moment gelang es ihm, sich am Seil der Glocke festzuhalten. *Dong, dong* läutete es. Samuel hangelte sich zurück zur Plattform und sah Lilith völlig fassungslos an.

Lilith begann, unkontrolliert zu niesen. Dann hastete sie zur Treppe. Nichts wie weg! Sie rannte die Stufen hinunter und durch die Kirche Richtung Ausgang. Die Türen öffneten sich wie von selbst – und sie war draußen. Sie hörte nicht auf zu rennen, bis sie im Haus der Birnsteins, in Gretas Zimmer war.

Greta freute sich, als Lilith ins Zimmer kam, und plapperte sofort aufgeregt los: «Da bist du ja! Du glaubst nicht, was passiert ist! Carlo hat mit mir geredet! Und er war total nett zu mir! Und hat mich gefragt, ob ich morgen nach der Schule mit zur Bandprobe kommen will. Wahnsinn, oder? Ich meine, ich dachte, der weiß gar nicht, dass es mich gibt.»

Lilith hatte sich erschöpft auf die Couch gesetzt, und nun bemerkte Greta, dass sie ganz blass und elend aussah.

«Ist alles okay bei dir?»

«Ich fühl mich irgendwie komisch. Mir ist heiß und dann ist mir wieder kalt und dann ist mir ...» Lilith musste niesen.

«Gesundheit.» Greta setzte sich besorgt neben sie.

Lilith fühlte ihre Wange und stellte fest: «Ich schwitze.»

«Oje, nicht dass aus deiner Erkältung eine Grippe wird.»

Greta versuchte, ihre Hand auf Liliths Schulter zu legen, sofort wich Lilith ärgerlich aus.

«Wo warst du denn die ganze Zeit?», fragte Greta.

«Unterwegs mit Sa...» Lilith schluckte und bemühte sich cool zu wirken. «Samuel.»

«Und was habt ihr gemacht?»

«Currywurst gegessen.»

Greta hakte nach. «Und dann?»

«Ja, nix und dann! Das war's!» Genervt verschränkte Lilith die Arme vor der Brust und ließ sich nach hinten fallen.

Greta lächelte und fragte vorsichtig: «Bist du verliebt?»

Lilith fing an laut zu lachen. «Ich? Ja! Guter Witz.»

«Findest du ihn denn süß?» Greta ließ nicht locker.

Lilith verdrehte genervt die Augen und sprang auf. «Hä? So eine Frage stelle ich mir überhaupt nicht. Er ist einer von vielen Idioten hier bei euch. Thema beendet.»

Von unten ertönte Sibylles Stimme: «Greta, Lilith? Kommt ihr bitte runter, die Äpfel für den Kuchen schälen?»

Greta stand auf, ging zur Tür und schaute Lilith auffordernd an.

Die entgegnete ärgerlich: «Ich schäle jetzt keine Äpfel mit dir.»

Greta seufzte kurz und ging dann alleine nach unten.

Lilith war noch völlig durch den Wind, verwirrt, verängstigt und verstört. Dann fiel ihr plötzlich etwas siedend heiß ein: der Loknar! Hektisch suchte sie ihr Schminktäschchen, griff hinein und nahm den Loknar heraus. Sie hielt die Kugel in ihrer Hand und starrte gebannt darauf.

Die schwarze Flüssigkeit begann sich langsam zu verfärben, in der Kugel bildeten sich wirbelsturmartig kleine pinke Schlieren. Liliths Augen weiteten sich vor Entsetzen.

Da summte ihr Handy, dessen schwarze Schutzhülle kleine Teufelshörnchen hatte. Auf dem Display war ein Foto ihres Vaters zu sehen. Panik! Lilith steckte schnell den Loknar zurück in die Schminktasche und sammelte sich kurz. Dann nahm sie das Gespräch an.

«Hey Paps, was gibt's?», fragte sie, bemüht, ganz normal zu klingen.

«Und wie war dein erster Tag, hm? Hast du schon Erfolge zu verzeichnen?», erkundigte sich der Teufel, während er in der Kommandozentrale der Hölle die Bildschirme studierte.

«Mach keinen Stress, ich habe gerade erst angefangen», antwortete Lilith.

«Die ist nicht einfach, die kleine Birnstein, was?», lachte Liliths Vater.

«Tzz, Kinderspiel», log Lilith.

Der Assistent des Teufels näherte sich und räusperte sich vorsichtig, um die Aufmerksamkeit seines Meisters zu bekommen.

«Warte kurz», hörte Lilith ihren Vater sagen, bevor er sich seinem Angestellten zuwandte.

«Entschuldigung, Meister. Kleines Problem. Mitarbeiter Abundius bittet darum, von seinen Aufgaben entbunden zu werden», flüsterte der Assistent seinem Chef zu und deutete mit dem Kopf in Richtung eines Mannes, der mit gesenktem Kopf im Hintergrund stand, links und rechts von Sicherheitspersonal flankiert.

«Weshalb?», fragte der Teufel ärgerlich.

Der Assistent antwortete angewidert: «Er hat sich verliebt.»

«Verliebt? Sortier ihn sofort aus!», brüllte der Teufel zornig.

Lilith erschrak. «Wowowo ... warte mal, Paps ... ich dachte, Teufel könnten sich gar nicht verlieben?!»

Immer noch wütend brüllte der Teufel: «Da hast du wohl im Unterricht nicht aufgepasst. Das passiert durchaus. Und verliebte Teufel sind nicht mehr zu gebrauchen, weil sie so schwach und gefühlsduselig werden!» Während er das überlaut sagte, blickte der Teufel drohend seine umstehenden Mitarbeiter an, die schnell ihren Blick senkten und noch eifriger arbeiteten als zuvor.

Lilith erstarrte, als sie merkte, wie ihr Herz anfing schneller zu schlagen und sich langsam panische Angst in ihr breitmachte.

«Lilith? Bist du noch da?», tönte es aus ihrem Handy.

Mit einem Kloß im Hals presste Lilith ein Ja hervor.

«Wo waren wir stehengeblieben?», fragte ihr Vater.

Lilith schluckte noch ein paar Mal und versuchte dann normal zu klingen. «Du wolltest mein Taschengeld verdoppeln.»

Der Teufel lachte. «Netter Versuch.» Dann wurde er wieder ernst. «Sei schön böse, du weißt ja, was auf dem Spiel steht.»

«War's das jetzt? Musst du nicht noch ein paar Menschen dazu bringen, die Weltmeere zu verschmutzen?» Lilith bemühte sich, betont lässig zu wirken.

«Du hast vollkommen recht. Und das Klima erwärmt sich auch nicht von alleine, oder?» Wieder lachte der Teufel herzlich.

«Tschüs!», sagte Lilith abrupt und legte schnell auf.

Wieso, verdammt noch mal, hat mir keiner gesagt, dass auch Teufel sich verlieben können?! Ich meine, welcher Vater schickt sein Kind denn zu den Menschen und vergisst, eine so wichtige Info weiterzugeben? Er hat mir Vorträge gehalten, mich warm anzuziehen, stets einen Schal dabeizuhaben, immer Papiertaschentücher und Geld einzustecken, den Akku meines Handys regelmäßig aufzuladen und, und, und. Aber hätte es ihn umgebracht, auch noch zu sagen: «Ach ja, Teufelchen, eins noch: Verlieb dich nicht»? Diese winzige Kleinigkeit hat er vergessen!

Von wegen im Unterricht nicht aufgepasst! Blödsinn! Oder hat mein Knallkopf von Lehrer mal irgendwas erwähnt? Ich kann mich einfach nicht erinnern ... Tatsächlich habe ich ihn relativ oft außer Gefecht gesetzt, weil er mir tierisch auf die Nerven ging; aber, ehrlich, das war reine Notwehr. Hey, und überhaupt, ich habe ihn auf jeden Fall gefragt, was das mit der Liebe und so auf sich hat! Da hat diese Hohlbirne von Privatlehrer nur was davon gebrabbelt, Liebe sei etwas für Fortgeschrittene oder so. Erst mal müsse ich die Grundregeln draufhaben, bevor wir uns komplexeren Themen zuwenden. Volltrottel!

Aber egal, ich bin nicht verliebt! Thema erledigt.

Das sind doch jetzt bloß so Psycho-Spielchen, die mein

Vater mit mir treibt. Ich meine, was soll das, sich gleich am ersten Tag nach meinen Erfolgen zu erkundigen und dann so unheilvoll zu verkünden: «Die ist nicht einfach, die kleine Birnstein.» Tut er doch nur, um mich einzuschüchtern. Entweder traut er mir echt nichts zu, oder er will, dass ich versage.

Puh, das Telefonat hat mir echt einen Schock versetzt, aber langsam normalisiert sich meine Atmung wieder. So oder so, der wird sich noch wundern! Ich habe eine Woche Zeit und ich habe alles im Griff. Ich habe ja auch schon Vorbereitungen getroffen, um aus Greta ein böses Mädchen zu machen. Der perfekte Plan ist bereits im Gange: erst Liebe und dann Herzschmerz für Greta. Denn sobald Carlo ihr das Herz gebrochen hat, wird selbst dieses brave Mädchen Hass, Wut und Zorn empfinden. Und ich werde für sie da sein, ihr den rechten Weg weisen. Nämlich den Weg des Bösen! Ich werde, wenn nötig, ein wenig nachhelfen und ihr klarmachen, dass Hass nun ein angebrachtes Gefühl ist, und meine freundschaftliche Empfehlung wird lauten: Rache nehmen.

Rache zieht einen echt runter, weil man dann in die Niederungen der Gefühlswelt absteigt. Man plant böse Dinge, überlegt sich Aktionen, die anderen Schaden und Schmerzen zufügen und sie unglücklich machen. Damit startet man eine Abwärtsspirale, aus der man kaum wieder rauskommt. Und das gewünschte Ergebnis, nämlich durch eine Racheaktion dann selbst wieder Freude, Glück oder Zufriedenheit zu empfinden, tritt so gut wie nie ein. Also wählt man immer heftigere Racheaktionen. Manchmal schleicht sich später auch ein schlechtes Gewissen ein oder Reue, und darüber ärgert man sich entweder oder man leidet darunter. Jedenfalls ist Rachedurst eine sichere Sache, um Menschen dazu zu bringen, sich lange und ausführlich mit dem Bösen zu beschäftigen und sich schlecht zu fühlen. Eine sehr gute böse Einsteiger-Emotion. Perfekt für Anfänger wie Greta ...

Abends war die gesamte Familie Birnstein im Wohnzimmer versammelt. Greta spielte ein Ratespiel mit ihren kleinen Schwestern, Gabriel saß auf dem Sofa und las murmelnd ein Buch über Zucchini. Sibylle hatte es sich in einem Sessel gemütlich gemacht und strickte. Ein Kleid. Was sonst.

Lilith hatte ihren Kopf in die Hände gestützt und blickte mit sorgenvoller Miene ins Leere.

«Alles in Ordnung, Liebes?», fragte Sibylle.

Lilith reagierte nicht, starrte weiter vor sich hin.

«Lilith?», fragte Sibylle noch einmal.

Nun sah Lilith auf.

«Du kannst mit uns über alles reden. Das weißt du», fügte Sibylle hinzu.

«Was ist das eigentlich für ein Ding mit dieser Strickerei?», fragte Lilith mit abfälligem Blick. Sibylle lächelte freundlich.

«Ach, Stricken ... das ist was Wunderbares. Es entspannt und ist kreativ, wie man sieht. Nicht wahr, ihr Lieben», wandte sie sich an ihre Töchter. Die sahen sie an, lächelten ebenfalls und nickten eifrig.

«Wenn du willst, kann ich es dir beibringen. Greta und ich haben nämlich morgen unseren Mutter-Tochter-Stricknachmittag.»

Lilith lachte laut auf. «Nee, danke!»

Greta hingegen war bei den Worten ihrer Mutter erschrocken. Sie schluckte und seufzte: «Ach, stimmt.»

«Hast du es vergessen, Liebes?», fragte Sibylle.

Greta musste noch einmal schlucken und zwang sich, ihre Mutter anzulächeln.

«Aber ist nicht schlimm, Mama. Ich bin da. Ich freu mich schon drauf!»

«Äh, tust du nicht! Du hast doch morgen dein Date», grätschte Lilith in das Gespräch.

Das schlug ein wie eine Bombe. Alle Blicke waren plötzlich auf Greta gerichtet. Greta erschrak erneut.

Gabriel klappte sofort sein Buch zu und sah seine älteste Tochter verblüfft an. «Ist das wahr?», fragte er. Dann wandte er sich aufgeregt an seine Frau: «Möhrchen! Unser Mädchen wird erwachsen!»

Sibylle strahlte Greta an. «Siehst du, Greta. Du hast es nämlich nicht nötig, dir aufreizende Kleider anzuziehen und dich zu schminken. Weil ... wahre Schönheit kommt von innen.»

Greta schaute nur noch zu Boden, es war ihr unerträglich peinlich.

«Du musst dich nicht schämen. Die erste Liebe ist eines der schönsten Ereignisse im Leben! Kennen wir ihn denn?», redete Gabriel seiner Tochter gut zu.

«Oder sie! Greta soll sich da ja ganz frei entwickeln, nicht wahr, Schatz», wandte Sibylle ein.

Gabriel nickte, beugte sich dann zu Greta und sagte leise: «Und falls es doch ein Junge ist, sag Bescheid. Ich besorg euch Kondome.»

Greta zuckte zusammen und litt sichtbar. Sie war in sich zusammengesunken und war kurz vorm Heulen.

«Wer ist es denn?», hakte Sibylle jetzt noch einmal nach.

Greta schnappte nach Luft, sie brachte keinen Ton mehr heraus. Dann sprang sie auf und lief mit hochrotem Kopf aus dem Zimmer.

Gabriel seufzte und drehte sich zu Sibylle: «Wir sollten sie nicht bedrängen. Eine junge Liebe ist wie eine junge Pflanze! Sie will im Verborgenen wachsen.»

Sibylle lächelte und schaute ihren Mann verliebt an. «Ach, du wieder», säuselte sie.

Er warf ihr einen Luftkuss zu, Sibylle schmatzte zurück. Das war nun auch für Lilith zu viel, sie stöhnte angewidert auf und verschwand ebenfalls aus dem Wohnzimmer.

Lilith fand Greta im Garten, sie saß todunglücklich auf der Schaukel.

«Warum bist du denn einfach gegangen?», fragte Lilith vorwurfsvoll.

«So was kannst du doch nicht vor meinen Eltern sagen!»

«Entschuldige mal? Ich hab grad dein Date gerettet. Freust du dich gar nicht?», entgegnete Lilith gespielt entrüstet.

«Doch», gab Greta verlegen lächelnd zu.

«Na also. Dann müssen wir jetzt nur noch ein paar Dinge an dir ändern. Du willst doch Carlo morgen gefallen, oder?»

«Ja.»

«Dann hörst du mal als Erstes auf, wie deine eigene Oma

rumzulaufen: Klamotten aus *diesem* Jahrhundert! Abdeckstift, Lipgloss, Eyeliner, Mascara!», ordnete Lilith an, während sie Greta von oben bis unten musterte.

«Das darf ich alles nicht.»

Ein teuflisches Lächeln huschte über Liliths Gesicht. «Aber du würdest gerne mal.» Sie wartete Gretas Antwort gar nicht ab, sondern entschied energisch: «Jetzt wirst du mal so richtig aufgebitcht. Komm!»

In Gretas Zimmer angekommen, startete Lilith sofort das Makeover, steckte sie in eins ihrer mitgebrachten Outfits, schminkte sie – und im Handumdrehen war aus der braven Greta mit den lahmen Strickkleidern ein heißes sexy Girl geworden. Zufrieden sah sich Lilith das Ergebnis an und schob Greta dann vor den Spiegel.

Greta erschrak bei ihrem Anblick: knallrote Lippen, ein hautenges, kurzes rotes Etuikleid und goldene Stilettos dazu.

«Oh Gott!» Mit weit aufgerissenen Augen starrte sie ihr Spiegelbild an.

«Ja, ich find's auch ganz geil. So machen wir das morgen», kommentierte Lilith zufrieden.

«So kann ich doch nicht in die Schule gehen! Ich sehe aus wie …», Greta senkte die Stimme, «… eine Prostituierte.»

Lilith grinste nur abfällig. «Auf was, glaubst du, stehen Typen wie Carlo, hm?»

Greta betrachtete noch einmal ihr Spiegelbild, dann schüttelte sie den Kopf.

«Lilith, das erlaubt meine Mama eh nicht.»

«Dann mach ihr eben mal eine Ansage! Du bist ja kein Kleinkind mehr», warf Lilith ärgerlich ein.

Greta wurde still und sah ganz unglücklich aus.

Lilith ging langsam auf sie zu und erklärte sanft und lockend: «Wieso hast du Angst vor so einem bisschen Streit? Ist doch ganz normal in unserem Alter. Hashtag Abnabelungsprozess.»

«Meinst du?», fragte Greta verunsichert.

Lilith nickte ihr beruhigend zu. Greta sah wieder in den Spiegel, überlegte und drehte sich zu Lilith um.

«Du hast recht. Es tut mir leid, dass ich immer so kompliziert bin. Ich weiß, du gibst dir total viel Mühe mit mir. Und das ist wirklich ein schönes Gefühl, dass man jemanden hat, dem man vertrauen kann.»

Lilith nickte und freute sich. Ja, sie war auf dem richtigen Weg!

Dann fügte Greta hinzu: «Du bist echt ein Geschenk des Himmels!»

Liliths Gesicht erstarrte, sie konnte nicht verhindern, dass ein Ausdruck des Ekels sich darauf breitmachte.

Da schlug etwas von draußen gegen das Fenster. Die Mädchen sahen sich fragend an. Greta stöckelte zum Fenster, öffnete es und lehnte sich raus. Sie schaute nach unten, konnte aber niemanden entdecken.

«Psst, hier oben», hörte sie eine Stimme. Auf der Dachkante saß Samuel und grinste Greta an.

«Samuel!», sagte Greta überrascht. Als Lilith den Namen hörte, erschrak sie.

«Sag mal Lilith, dass ich sie sprechen will», bat Samuel.

Greta drehte sich zu Lilith um, die nun nervös hin und her lief. Und panisch nachdachte.

«Ich bin nicht da!», flüsterte sie schließlich Greta zu. Dann entschied sie: «Nein! Ich schlaf schon.»

Lilith legte sich schnell auf die Couch, schloss die Augen und fing an zu schnarchen. Greta sah sie verwirrt an. Dann setzte Lilith sich mit einem Ruck wieder auf. «Nein! Noch besser – ich bin tot.» Sie ließ sich wieder zurückfallen und lag nun mit offenen Augen und starrem Blick da.

Greta lehnte sich aus dem Fenster und rief zu Samuel hoch: «Sekunde. Lilith kommt.» Dann wandte sie sich an Lilith: «Jetzt geh schon!»

«Nie im Leben!»

Keine Minute später kletterte Lilith nach oben aufs Dach. So viel zu: Nie im Leben! Aber Lilith wollte Samuel ja nur sagen, dass er sie in Ruhe lassen sollte und sie ihn nie wieder sehen wollte.

«Hey, soll ich dir helfen?» Samuel streckte Lilith seine Hand entgegen.

«Fass mich nicht an!», fauchte sie.

Samuel zog seine Hand zurück und beobachtete, wie Lilith etwas mühsam aufs Dach kletterte.

«Welcher Idiot klettert bitte schön nachts noch auf 'n Dach?», fragte sie gereizt.

«Du bist doch auch hier», grinste Samuel.

«Ja, aber ...», wollte Lilith widersprechen, doch sie brach ab, räusperte sich und setzte sich mit Sicherheitsabstand neben Samuel. Sie atmete tief ein und aus und fragte dann bemüht cool: «Haste mal 'ne Kippe?»

Samuel reichte ihr eine Schachtel. «Hier. Kannste behalten. Ich habe aufgehört.»

Was denn? Verlor die Hölle hier einen vielversprechenden Kandidaten? Lilith sah Samuel an und sagte schmeichelnd: «Warum? Rauchen passt doch voll gut zu deinem coolen Außenseiter-Image. Komm, eine kleine Kippe schadet doch nicht.»

Sie wedelte lockend mit der Schachtel vor seiner Nase. Samuel lehnte trotzdem ab.

«Pech», sagte Lilith schnippisch und zündete sich selbst eine Zigarette an. «Was wolltest du denn jetzt eigentlich von mir?»

«Ich wollte mich entschuldigen wegen ... dem Kuss.»

«Ja! Das war ja auch das Allerletzte! Du hast mich angesteckt mit ... mit der Grippe!», schimpfte Lilith sofort.

«Ich hab überhaupt gar keine ...»

«Mach das nie wieder!», unterbrach Lilith ihn, drückte die Zigarette aus und rutschte vorsichtig zurück zur Dachkante.

«Ey komm, ich dachte wir chillen noch ne Runde oder so», sagte Samuel.

«Vergiss es», zischte Lilith und begann wieder runterzuklettern.

«Hey!», lächelte Samuel. «Du bist sogar echt süß, wenn du sauer bist.»

Lilith hielt kurz inne und sah Samuel empört an. «Süß?»

«Cool?», versuchte Samuel, aber Lilith war schon weiter nach unten geklettert. «Ich weiß, dass du mich magst!», rief er ihr grinsend hinterher.

Als sie im Bett lag, hielt Lilith den inzwischen in leuchtendem Pink strahlenden Loknar in der Hand, starrte verzweifelt darauf und murmelte: «Ich bin nicht verliebt, ich bin nicht verliebt, ich bin nicht verliebt ...»

Greta richtete sich kurz in ihrem Bett auf. «Hast du was gesagt?»

«Ich führe ein Selbstgespräch. Misch dich da jetzt bitte nicht ein», keifte Lilith zurück.

«Entschuldigung», murmelte Greta und ließ sich zurück auf ihr Kissen fallen.

Jetzt mal ganz im Ernst: Ich bin verdammt noch mal nicht verliebt! Aber wieso ist dieser verdammte Loknar dann pink? Das muss ein Materialfehler sein. Das Ding ist bestimmt so eine Billigproduktion aus China! Jedenfalls: Ich bin nicht verliebt. Ist sicher bloß 'ne Allergie. Vielleicht zeigt der Loknar ja auch allergische Reaktionen an. Ja, so muss es sein. Ich habe eine allergische Reaktion auf den Kuss von Samuel. Was ist das überhaupt für eine absurde Idee mit der Küsserei? Wer hat das denn erfunden? Richtig dämlicher Menschenkram!

Was muss ich tun, damit dieses Loknar-Teil wieder schwarz wird? Und was, wenn es doch nicht nur eine kleine allergische Reaktion war, die zu der Verfärbung geführt hat? Angeblich zeigt es ja meine Gefühlstemperatur an, und ganz offensichtlich stimmt da etwas nicht. Ich bin vielleicht nicht kaltblütig genug. Nicht böse genug?

Verstehe ich nicht, immerhin bin ich doch mit Greta heute einen riesigen Schritt vorangekommen, ich bin auf dem besten Weg, sie zu brechen.

Volle Konzentration also jetzt darauf, eiskalt zu sein und nur noch an böse Dinge zu denken. Teuflische Gedanken müssen mich durchfluten, Kälte muss sich in meinem Inneren ausbreiten.

Ja, ich fühle mich schon besser.

Aber der Scheiß-Loknar ist immer noch pink. Müsste der sich nicht langsam mal beruhigen?

Es sei denn … also, wenn ich wirklich verliebt bin – was selbstverständlich nicht der Fall ist –, muss ich mich einfach wieder entlieben. Das kann ja nicht so schwer sein. Alles was ich tun muss, ist, diesen Samuel zu meiden. Ausblenden, ihn völlig ignorieren.

Der Typ hat mich ja auch nur interessiert, weil er gute Anlagen dazu zeigt, böse zu sein. Und er ist einfach etwas spannender als die anderen Trottel hier. Okay, er sieht auch wirklich gut aus. Und hat eine echt coole Art. Und er … Verdammt, ich bin nicht verliebt!

Es ist alles gut. Morgen ist ein neuer Tag. Und das wird definitiv ein böser Tag und der Loknar wird wieder pechschwarz!

Am nächsten Morgen hockte Gabriel mit seiner Gitarre im Garten mitten im Gemüsebeet und sang seinen Pflanzen liebevoll ein selbstgedichtetes Lied vor.

Sibylle, Lotta und Hanna saßen noch am Frühstückstisch, während Greta unschlüssig im Flur stand. Sie und Lilith waren bereits fertig, um in die Schule zu gehen, aber Greta traute sich nicht, ihrer Mutter tschüs zu sagen, denn sie hatte Liliths Rat befolgt, trug deren sexy Kleid und war total aufgestylt. Lilith versuchte, sie zu überzeugen, sich endlich zu verabschieden, verlor dann jedoch die Geduld und schubste Greta einfach in den Raum. Sibylle saß mit dem Rücken zur Tür, und Greta betete, dass ihre Mutter sich nicht umdrehen würde.

«Tschüs, wir gehen!», rief sie und stöckelte sofort wieder Richtung Haustür. Hanna und Lotta schauten ihr mit offenen Mündern nach.

«Ja, Schatz, tschüs, viel Spaß in der Schu...»

Sibylle hatte sich bei ihrem Abschiedsgruß nun doch umgedreht, und Gretas Aufmachung verschlug ihr die Sprache. Aber nicht für lange.

«Hey, hey! Halt! So verlässt du nicht das Haus!» Sibylle sprang auf und deutete auf Gretas Outfit. «Was ist denn los mit dir, Greta?»

Während Sibylle weiter auf Greta einredete, schaute

Lilith heimlich auf ihren Loknar. Zufrieden stellte sie fest, dass er wieder schwarz war.

Hinter ihr war inzwischen Gabriel mit seiner Gitarre in der Hand ins Haus spaziert. Lächelnd sah er Greta an. «Greta! Was hast du denn für ein hübsches Kleid an?»

Sibylle war nicht erfreut über die Reaktion ihres Mannes. «War das deine Idee?», wandte sie sich nun an Lilith und zeigte auf Greta.

«Wenn Sie wollen, besorge ich Ihnen auch so eins», antwortete Lilith cool, zückte unbeeindruckt ihren Handspiegel und Lippenstift und fing an, sich die Lippen nachzuziehen.

Sibylle machte ein paar beruhigende Atemübungen und räusperte sich kurz. «Das ist kein Kleid für die Schule, Lilith. Und davon abgesehen, unterstützen wir auch keine Marken, die Billiglohnländer ausbeuten! Okay?»

«Möhrchen», sagte Gabriel besänftigend und schritt auf die Frauen im Flur zu.

«Wieso kann Greta eigentlich nicht selbst entscheiden, was sie tut?», fragte Lilith frech und fügte noch ein provozierendes «Frau Mama» hinzu.

Damit war sie zu weit gegangen, die stets freundliche Sibylle sah sie streng an und wurde energisch. «So, pass mal auf. Weil es in unserem Haus Regeln gibt, Lilith. Und entweder du hältst dich an diese Regeln oder du fährst wieder nach Hause. Das habe ich so mit deinem Vater vereinbart.» Triumphierend sah sie Lilith an.

Lilith erstarrte. Damit hatte sie nicht gerechnet. Sie konnte doch nicht vorzeitig zurück! Ihre Arbeit hier war noch nicht getan. Greta war doch noch nicht böse. Sie ließ ihren Lippenstift sinken und schaute Sibylle ungläubig an.

Die war schon wieder sanft geworden. «Und eigentlich könntest du ja auch mal was anderes anziehen ...»

Die Art, wie Sibylle auf einmal lächelte, gefiel Lilith ganz und gar nicht.

«Wieso hast du dich nicht gewehrt? Deine Mutter zwingt dich, wie ein Sofa rumzulaufen, das weißt du schon, oder?» Wütend stampfte Lilith die Straße entlang, auf dem Weg zur Bushaltestelle. Sie trug – ein Strickkleid. Ebenso wie Greta. Und sie schnaubte vor Wut. Tatsächlich hatte Sibylle sie gezwungen, einen dieser scheußlichen Lappen anzuziehen. Nachdem Sibylle Liliths schwachen Punkt entdeckt hatte, nämlich die Drohung, sie zu ihrem Vater zurückzuschicken, war sie gnadenlos geblieben und hatte darauf bestanden.

Dass sie nun ein hässliches Outfit trug, störte Lilith weniger als die Tatsache, dass jemand sie zu etwas hatte zwingen können. Besonders ärgerlich war sie jedoch, dass Greta eingeknickt war und keinen Krach mit ihrer Mutter angefangen hatte. War dieses Mädchen denn wirklich nicht dazu zu bewegen, Grenzen zu überschreiten und auch mal böse zu sein?

Lilith setzte nun alle ihre Hoffnungen auf Carlo. Wenn er Greta schlecht behandelte, würde sie bestimmt genauso ausrasten wie dieses Mädchen auf dem Schulhof. Hass würde ihr Herz erfüllen, dann wäre sie Wachs in Liliths teuflischen Händen, und Lilith würde ihr helfen, den Weg des Bösen zu gehen.

Greta versuchte, mit Lilith Schritt zu halten. Entschuldigend erklärte sie: «Ich hab keine Erfahrung damit, meiner Mama zu widersprechen.»

«Du bist einfach jämmerlich», schimpfte Lilith.

An der Bushaltestelle standen Melody und Daria. Als sie nun auch Lilith in einem Strickkleid sahen, fand ihr Spott kein Ende.

«Oh mein Gott! Hanni und Nanni, oder was?», grinste Melody.

«Macht ihr jetzt einen auf seelenverwandt?», warf Daria hinterher.

Beide fingen herzhaft an zu lachen.

Lilith stellte sich vor Greta, sah sie auffordernd an und verlangte: «Sag was!»

Greta blieb schweigend stehen und blickte Lilith verschüchtert an.

«Jetzt sag was!», zischte Lilith ungeduldig. «Hast du nicht einen Funken Selbstachtung? Wieso lässt du dich dauernd von diesen Uschis niedermachen?»

Sie hielt Greta eine regelrechte Standpauke und bemerkte nicht, wie sich Eddie mit einer Spraydose in der Hand von hinten an sie heranschlich. Er hob die Dose hoch, hielt ein Feuerzeug davor und sprühte los. Eine Stichflamme schoss auf Liliths Haare zu. Greta riss entsetzt die Augen auf, doch sie war wie gelähmt, konnte nicht reagieren. Eddie grinste. Rache war süß!

Doch dann starrte er ungläubig auf Liliths Kopf, denn die Flammen waren von ihren Haaren einfach abgeprallt. Nichts war passiert! Fassungslos blickte er auf Liliths immer noch intakte Frisur. Greta war erleichtert, aber doch extrem verwundert. Daria und Melody schnappten nach Luft. Alle starrten Lilith an. Ungläubig, fasziniert und auch ängstlich.

Lilith hatte von dem Spektakel hinter sich nichts mitbekommen und redete weiter wütend auf Greta ein: «Also ich schwör dir, an deiner Stelle hätte ich den beiden schon längst ein Makeover verpasst. Und zwar so ...» Lilith holte weit aus und traf Eddie dabei mit ihrem Ellbogen mitten auf die Nase. Eddie taumelte zurück, krümmte sich vor Schmerz und hielt sich die Nase.

Lilith drehte sich leicht irritiert um, schenkte ihm jedoch keine weitere Aufmerksamkeit.

Greta war immer noch verwundert, wieso Liliths Haare Eddies Feuerattacke schadlos überstanden hatten.

«Was benutzt du'n für ein Shampoo?», erkundigte sie sich.

Als sie im Bus saßen, starrte Lilith geradeaus und brütete stumm vor sich hin.

«Tut mir leid», meinte Greta nach einer Weile versöhnlich.

Aus ihren Gedanken gerissen, erwiderte Lilith verwirrt: «Was?»

«Dass du jetzt auch so ein Kleid tragen musst», sagte Greta.

Lilith winkte ab, hielt dann kurz inne und drehte sich wieder zu Greta.

«Was hat deine Mutter eigentlich für 'n Problem damit, dass du auch mal ganz normale Klamotten trägst?»

«Na, sie sagt, ich soll mich über meinen Charakter definieren und nicht über meine Kleidung. Sie sagt, es gibt nichts Schlimmeres als diese ganzen Mädchen, die nur irgendeinem Trend nachrennen, um in zu sein.» Greta schaute sich kurz nach Melody und Daria um und seufzte sehnsüchtig: «Wie sich das wohl anfühlt, in zu sein?»

Lilith horchte auf. «Ja, genial ist das! Alle bewundern dich und wollen deine Freunde sein.»

Greta lächelte verträumt. «Das ist bestimmt ein schönes Gefühl.»

Lilith lächelte. Sie witterte eine Schwäche. Sie wandte sich an Greta, bemühte sich um einen freundschaftlichen Ton. «Ich werde dafür sorgen, dass du mal weißt, wie das ist», verkündete sie und lächelte.

«Wie jetzt?» Greta verstand nicht, worauf Lilith hinauswollte.

«Ich mach das schon! Halt dich einfach an mich, okay?»

Als der Bus vor der Schule anhielt, beeilte sich Lilith, direkt hinter Melody und Daria zu laufen. Überlaut begann sie mit Greta zu reden.

«Och Greta, red doch noch mal mit deiner Mom, ob sie mir nicht auch so ein Kleid aus ihrer neuen coolen Kollektion geben kann.»

Greta sah sie verwirrt an. Ohne eine Antwort abzuwarten, fuhr Lilith fort: «Ja, ich weiß, sie hat es schon dieser Sängerin versprochen, aber die hat doch schon drei!»

«Lilith, ich hab keine Ahnung, wovon ...», sagte Greta, aber sofort wurde sie wieder von Lilith unterbrochen.

«Red doch mal bitte mit ihr!»

«Ich find das wirklich nicht gut, was du gerade machst», flüsterte Greta.

«Ja, und ich find's nicht cool, dass du mich jetzt einfach hängen lässt!»

Lilith sprach wieder betont laut, sodass Melody und Daria sie gut hören konnten. Endlich reagierten die beiden.

«Geil, Hanni und Nanni haben Stress», kommentierte Melody über ihre Schulter das Gespräch.

Sofort rief Lilith: «Ja, Greta zickt ja auch voll rum. Nur weil ihre Mom auf einmal fame ist.» Gespielt genervt rollte sie die Augen.

Nun blieben Melody und Daria stehen. Daria fragte spöttisch: «Gretas Mom ist fame?»

Lilith tat verwundert. «Äh, ja? Sibylle war *die* Entdeckung auf der letzten Fashion Week. In New York.»

«Ach, laber doch nicht», schnaubte Melody verächtlich.

Lilith baute sich vor ihr auf. «Denkt ihr wirklich, ich würde so ein Teil anziehen, wenn es nicht voll angesagt wäre?» Sie zeigte auf ihr Strickkleid.

«Das ist aber voll hässlich», sagte Daria mit angewidertem Gesichtsausdruck.

Lilith tat empört. «Wie bitte? Die Modewelt reißt sich um Sibylle Birnstein! Alle großen Labels wollen sie haben.» Mitleidig sah Lilith die beiden Mädchen von oben bis unten an. «Tja Mädels, Stil kann man sich eben nicht kaufen.»

Dann zog sie Greta mit sich und stolzierte davon.

Daria sah ihr verwirrt nach und fragte Melody: «Hat die uns gerade beleidigt?»

«Keine Ahnung», gab Melody etwas hilflos zurück.

«Was war das denn gerade?», fragte Greta, als sie mit Lilith das Schulgebäude betrat.

«Die Geburt von Greta 2.0», erklärte Lilith knapp.

«Wie bitte?» Greta wurde immer noch nicht schlau aus Liliths Plan. Die war von Gretas langer Leitung ziemlich genervt.

«Die coole Greta, die von allen beneidet wird», erklärte sie.

«Ja, aber das war alles gelogen!» Greta schaute Lilith verzweifelt an. Die stöhnte auf.

«Jetzt komm mir doch nicht immer mit diesem Lügen! Das nervt, wenn ich gerade versuche, was Gutes für dich zu tun! Es wäre wirklich sehr nett, wenn du das nächste Mal mitmachen würdest. Du musst auch einfach nur so tun, als wäre alles wahr, was ich Melody und Daria erzähle. Das kann ja nicht so schwer sein. Und rede doch einfach mal ein bisschen mehr wie die. Arroganter, rotziger. Okay?»

Greta schluckte und nickte dann zögernd. Sich so zu benehmen war gegen ihre Natur, aber Lilith wollte ihr schließlich nur helfen, da musste sie netterweise wohl auch mitmachen.

«So, jetzt stell dich mal dahinten hin und mach 'ne sexy

Pose», befahl Lilith und zeigte auf die Treppe in der Eingangshalle.

«Wieso?», fragte Greta.

Lilith holte ihr Handy raus.

«Wir brauchen Werbefotos. Zieh die Jacke aus!»

Greta stellte sich verschüchtert an das Treppengeländer, zog ihre Jacke aus und blieb dann zusammengesunken, mit hängenden Schultern stehen.

Lilith sah auf das Handydisplay und dann hoch zu Greta. «Was ist das? Die Pose ‹nasser Sack›? Mach mal'n Rücken grade! Und drück die zwei Birnsteins raus.»

Unbeholfen versuchte Greta, den Anweisungen von Lilith zu folgen. Sie fühlte sich sichtlich unwohl dabei. Lilith fing an, ein paar Fotos zu machen, betrachtete Greta dann kritisch.

«Jetzt guck mal verruchter.» Als Greta sie verwirrt ansah, versuchte Lilith zu erklären: «Verführerisch? Mach mal die Hand an den Kopf.»

Greta hielt sich die Hand an den Kopf und versuchte einen Schmollmund zu formen.

«Ey Greta! Megacool», kam es plötzlich von hinten.

Erschrocken drehte sich Greta um und sah Carlo, der hinter ihr stand und sie anlächelte.

«Bis später», zwinkerte er ihr zu und ging dann die Treppe hoch.

Greta strahlte über das ganze Gesicht. Carlo!

«Spiel mal mit deinen Haaren und mach so die Hüfte zur Seite», forderte Lilith sie auf und richtete wieder ihr Handy auf Greta.

Greta war wie ausgewechselt. Mit neuem Selbstbewusstsein setzte sie die Posen um und begann Spaß an der Sache zu haben. Nach einer Weile stoppte Lilith und beendete die Session. Sie sah sich die Fotos auf ihrem Handy an und murmelte: «Da müssen wir auf jeden Fall noch mal mit Photoshop ran.» Als Greta neugierig herankam, um ebenfalls einen Blick auf die Bilder zu werfen, steckte Lilith ihr Handy wieder in ihre Jackentasche. «Ich geh noch mal für kleine Teufel», teilte sie ihr mit.

Ups! Sie hielt kurz inne, als ihr bewusst wurde, was sie da gerade gesagt hatte.

«Konzentrier dich doch», flüsterte sie sich selbst ärgerlich zu.

Während sie die Treppe hochging, stand unten eine immer noch selig lächelnde Greta.

Oben angekommen, lief sie Samuel in die Arme. Der grinste sie an und sah auf ihr Kleid.

«Hey. Neuer Style?»

Lilith blieb erschrocken stehen, dann funkelte sie ihn böse an.

«Äh, du siehst gut aus», beeilte sich Samuel zu sagen.

«Pff, ich seh immer gut aus», antwortete Lilith und warf ihre Haare lässig über die Schulter.

Samuel lächelte. «Wollen wir vielleicht nachher ...»

«Keine Zeit», unterbrach Lilith, stürmte an ihm vorbei und verschwand im Mädchenklo.

Dort nahm sie ihr Tablet, photoshopte Gretas Strickkleid auf ein paar Supermodels in Fashion Shows, fakte noch schnell eine Coverstory über Sibylle Bernstein in einem Modemagazin und machte sich dann auf die Suche nach Melody und Daria.

Sie fand die beiden auf dem Schulhof.

«So, Girls, ihr wolltet es ja nicht glauben ...» Lilith hielt den Mädchen ihr Tablet unter die Nase, auf dem ein Model zu sehen war, das gerade über den Laufsteg lief und genau das Kleid trug, das Greta heute anhatte.

«Krass», murmelte Daria beeindruckt.

«Alter, Miss Birkenstock trägt ja das gleiche Kleid!», merkte nun auch Melody, scrollte auf der falschen Webseite hoch und runter und entdeckte Gretas Kleid auch noch auf einem Magazincover sowie den Bericht über Sibylle Birnstein, in dem sie als «Shootingstar am Designerhimmel» beschrieben wurde.

«Jedenfalls waren die ganzen Topstars da und haben sich alles gesavt. Es ist wirklich schade, dass da überhaupt nichts mehr für euch ist», sagte Lilith mit falschen Bedauern und zog das Tablet von den beiden weg.

Die Wirkung war genauso, wie Lilith es erwartet hatte.

«Och nee», machte Melody enttäuscht.

«Ja, du musst da doch was drehen können», bettelte Daria.

Lilith tat, als ob sie überlegte. «Na ja, vielleicht kann Greta noch eins organisieren. Aber wem soll ich das denn dann geben?» Lilith sah zwischen Daria und Melody hin und her.

«Ja, mir!», strahlte Melody wie selbstverständlich.

Daria drehte sich ärgerlich zu ihrer Freundin um. «Ach ja? Und wieso bitte schön nicht mir?»

«Ich finde, die coolere von euch beiden sollte es tragen», schlug Lilith vor.

«Das bin dann ja wohl ganz klar ich», stellte Melody fest und sah Daria mit hochgezogenen Augenbrauen an.

Daria schubste Melody zurück. «Alter, geht's noch?»

Lilith lächelte: Na bitte, klappte doch!

«Ey, Mädchen, komm mal damit klar, dass ich der Boss von Pussy Deluxe bin!», keifte Melody.

«Alter, ohne mich wärst du gar keine Band!»

Daria wurde jetzt immer wütender, und beide fingen eine hitzige Diskussion darüber an, wer das Strickkleid von Greta verdient hätte.

Lilith freute sich, sie war in ihrem teuflischen Element. Dann wurde sie von einer Durchsage, die über den Schulhof schallte, abgelenkt.

«Lilith Schwarz, bitte sofort ins Direktorat! Ich wiederhole: Lilith Schwarz ins Direktorat!»

Lilith warf noch einen zufriedenen Blick auf die streitenden Freundinnen und machte sich dann grinsend auf den Weg zum Direktor.

Als sie dort ankam, wartete auch Herr Seidel bereits im Büro des Direktors. Lilith gesellte sich zu ihm und schaute Papenhoff unbeeindruckt an.

Direktor Papenhoff saß mit strengem Blick hinter seinem Schreibtisch und musterte Lilith eindringlich.

Sein Sohn Eddie stand kleinlaut, wie ein Häufchen

Elend, neben ihm. Er trug nach wie vor die Mütze, um seine lädierte Frisur zu verbergen, und nun hatte er auch eine bandagierte Nase.

Papenhoff holte tief Luft.

«Also: Sie geben zu, meinen Sohn geschlagen zu haben?»

«Ja!», antwortete Lilith selbstbewusst.

Papenhoff schaute vorwurfsvoll zu seinem Sohn, der noch mehr in sich zusammensank, dann fuhr er mit seinem Verhör fort: «Und? Haben Sie irgendwas zu Ihrer Entschuldigung vorzubringen?»

Lilith überlegte kurz und antwortete dann schulterzuckend: «Ich wusste ja nicht, dass er direkt hinter mir steht.»

Papenhoff und Seidel entspannten sich ein wenig. Ach so, deshalb.

Lilith blickte auf Eddie, fing plötzlich an, böse zu lächeln, und fügte hinzu: «Sonst hätte ich richtig durchgezogen.»

Seidel zuckte zusammen, Papenhoff schnappte nach Luft.

«Also, so was hab ich ja noch nie erlebt. Seidel! Ich erwarte eine exemplarische Bestrafung!»

Seidel nickte. «Worauf Sie sich verlassen können!» Er wandte sich an Lilith: «Komm, Fräulein.» Damit schob er Lilith vor sich aus dem Direktorat und schloss die Tür hinter sich.

Papenhoff drehte sich zu seinem Sohn, sah ihn an und entschloss sich dann zu einem tröstenden Schulterklopfen.

Im Flur blieb Seidel stehen und sah Lilith eine Weile schweigend an. Dann begann er: «So, du hast also den Sohn des Direktors geschlagen. Wollen wir doch mal sehen, welche Bestrafung dafür vorgesehen ist.» Er kramte in seiner Jackentasche, zog schließlich einen Schokoriegel heraus und reichte ihn Lilith. «Bitte schön.»

Lilith blickte Seidel skeptisch an. Als dieser anfing zu grinsen, nahm sie ihm lächelnd den Schokoriegel aus der Hand.

Auf einmal ging der Feueralarm los.

«Brennt's?», fragte Lilith amüsiert, während die Schüler ihre Klassenräume verließen. Seidel schaute sich ratlos um und bedeutete Lilith, ebenfalls das Gebäude zu verlassen.

Draußen stand Samuel an der Eingangstür gegen die Wand gelehnt und betrachtete die herausströmende Masse. Als er Lilith entdeckte, ging er zu ihr.

«Man muss nur laut klingeln. Schon bist du da.»

«Du warst das?» Überrascht sah Lilith ihn an.

Samuel nickte. «Ja. Ich wollt' dich sehen.» Dann lächelte er. «Ich hab 'ne Idee, was wir machen können.»

«Was immer es auch ist. Kein Interesse», entgegnete sie schnippisch.

«Schade. Ich wollte mit dir zum Meer fahren», gab Samuel lässig zurück und wartete gespannt auf Liliths Reaktion.

Volltreffer! Ihre Augen weiteten sich begehrlich: das Meer!

Sie sah ihn an. «Jetzt?»

Er nickte und fragte: «Hast du 'n Fahrrad?»

Nein, hatte sie nicht. Aber es kamen ja genug Schüler mit dem Rad zur Schule. Da ließe sich schon eins organisieren ...

«In fünf Minuten am Kiosk?», schlug Lilith vor.

Samuel nickte und ging davon.

Greta stand währenddessen auf dem Schulhof und himmelte von weitem Carlo an, der mit seinem Handy beschäftigt war.

«Ey, yo, Greta! Was geht?», wurde sie von Melody und Daria aus ihren Tagträumen gerissen.

Sofort hallte in Gretas Kopf Liliths Anweisung nach: *«Red doch einfach mal ein bisschen mehr wie die! Arroganter, rotziger!»*

«Yo, alles easy», versuchte sich Greta.

Daria und Melody schauten sie etwas irritiert an und verbissen sich ein Grinsen.

«Ähm, ja also. Lilith hat uns Fotos gezeigt. Übertrieben schön!», flötete Daria.

Greta hatte keine Ahnung, wovon Daria da sprach, blieb aber tapfer in ihrer Rolle.

«Ja, auf jeden, Alter!» Greta bewegte sich nun verkrampft gangstamäßig hin und her und sah dabei alles andere als cool aus.

Befremdet erkundigte sich Melody: «Musst du auf Toilette oder so?»

«Nein, wieso?», fragte Greta verunsichert und stoppte die Bewegung.

Melody setzte neu an. Mit zuckersüßer Stimme sagte sie: «Ähm, also – man muss echt zweimal hingucken, aber das ist echt übertrieben schön gemacht, dein Kleid, das ist der Hammer!»

Daria stimmte Melody zu und setzte ein breites Lächeln auf.

«Echt? Ach, das ist total lieb von euch! Vielen Dank!», erwiderte Greta ganz glücklich, bis ihr einfiel, dass sie rotziger sein sollte. «Ja, ist voll krass, ne?»

Daria und Melody wurde es ein wenig anstrengend mit Greta, sie wollten nun zum Punkt kommen.

«Sag mal, kannst du deine Mutter vielleicht fragen, ob sie auch zwei Kleider für uns hat?», fragte Daria schließlich.

Greta konnte ihre Überraschung nicht verbergen. «Ihr wollt auch so eins?»

Melody rief aufgeregt: «Ja, bitte!» Dann fügte sie hinzu: «Also jetzt nicht so in Zeltgröße wie deins, aber ...»

«Sie meint, das gibt's doch auch bestimmt in kleineren Größen?», unterbrach Daria schnell.

Greta konnte es kaum fassen, dass die beiden sie das gerade gefragt hatten. Sie strahlte. «Ja! Meine Mama, die strickt ja auch für meine kleinen Schwestern.» Nicht cool, schoss es ihr durch den Kopf, und schnell korrigierte sie mit: «Sistas! Bitches!» Dann boxte sie Melody kumpelhaft gegen die Schulter.

Melody sah sie leicht entrüstet an.

«Entschuldigung! 'tschuldigung», sagte Greta sofort und schaute etwas ängstlich auf Melody.

Die beiden amüsierten sich inzwischen über Gretas merkwürdiges Verhalten und grinsten sich kurz an.

«Ja, also ich würde sagen, je enger und kürzer, desto besser, oder?», sagte Melody, und Daria nickte zustimmend.

Greta war überglücklich. «Okay.»

«Hey, super», freute sich Daria.

Melody quiekte: «Hammer!»

Dann drehten die zwei sich um und gingen. Greta sah ihnen freudestrahlend hinterher. Wie aufregend!

Einen Moment später schlenderte Lilith auf ihrem Weg zu den Fahrradständern vorbei.

«Hey Greta, ich hau rein», sagte sie, bemerkte dann erst Gretas verzücktes Lächeln und stoppte. «Was ist los?»

«Melody und Daria, die waren grad das erste Mal nett zu mir!», erzählte Greta begeistert.

Lilith grinste. «Geiles Gefühl, oder? Und was ist mit Carlo? Wann trefft ihr euch?»

«Später zur Bandprobe!» Plötzlich hörte sie auf zu strahlen. «Oh Mann, ich bin so nervös.»

Lilith musterte Greta kritisch.

«Wir müssen auf jeden Fall noch irgendwas mit deinem Gesicht machen», entschied sie und fing an, in ihrer Tasche nach ihrem Schminktäschchen zu kramen.

«Äh, wieso?» Erschrocken tastete Greta ihr Gesicht ab.

Lilith beugte sich zu Greta und sagte in spöttischem Tonfall: «Es gibt da eine ganz tolle, neue Erfindung, ... die heißt Make-up.» Dann drückte sie Greta ihr Schminktäschchen in die Hand und ging.

«Lilith? Kann ich ab jetzt wieder normal reden?», rief Greta ihr hinterher und schaute sie flehend an.

Lilith rollte die Augen, stöhnte und zuckte mit den Schultern: Das war ihr doch egal!

Bei den Fahrrädern angekommen, blickte Lilith sich suchend um. Welches war nicht abgeschlossen? Da fiel ihr Blick auf Eddie, der gerade vom Rad gestiegen war. Er hatte Lilith noch nicht gesehen. Sie schlich sich hinter ihn und machte: «Buh!»

Eddie drehte sich um. Als er Lilith sah, quiekte er panisch auf, wich zurück, stolperte und fiel hin. «Fass mich nicht an!», schrie er, rappelte sich hoch, ließ sein Rad im Stich und rannte so schnell er konnte davon.

Zufrieden lächelnd nahm Lilith Eddies Rad und schob es vom Schulhof.

Okay, das Rad hatte sie, aber Rad fahren konnte sie nicht. Kann ja nicht so schwer sein, dachte sich Lilith, schließlich fahren auch kleine Kinder und alte Leute Rad.

Sie gab ein mitleiderregendes Bild ab: Schwankend und im Zickzackkurs, immer kurz davor, das Gleichgewicht zu verlieren, bemühte sie sich unbeholfen, nicht zu stürzen.

«Das ist doch scheiße! Was haben die denn gegen Taxis?», schimpfte sie, während sie versuchte, nicht die Balance zu verlieren, als sie beim Kiosk um die Ecke bog.

Samuel wartete bereits auf sie. Verblüfft und auch etwas amüsiert beobachtete er ihre Radfahrkünste. Als Lilith ihn sah, erstarrte sie kurz, vergaß, in die Pedale zu treten, und fiel um wie ein gefällter Baum.

«Hast du dir weh getan?», fragte Samuel besorgt.

Lilith sprang sofort wieder auf, nahm das Rad und meinte so cool wie möglich: «Ich wollt' nur kurz den Boden testen!»

Samuel lachte.

«So, bin da», teilte Lilith ihm mit.

«Du hast ja das gleiche Rad wie Eddie», bemerkte Samuel und schaute auf Liliths Fahrrad.

«Das ist sogar von Eddie.»

Samuel grinste. «Wollen wir los?»

Lilith nickte und fuhr vor. Samuel schwang sich auf sein Rad und folgte ihr. Als er sah, wie unsicher sie war, erkundigte er sich: «Bist du schon mal gefahren?»

«Ein-, zweimal.»

«Ein-, zweimal?»

«Ja! Ein-, zweimal! Im Saarland machen wir halt alles mit dem Auto», antwortete Lilith kühl.

«Na dann ...»

Er überholte sie und gab ihr mit einer Kopfbewegung zu verstehen, ihm zu folgen. Lilith gab sich Mühe, mit ihm mitzuhalten.

Nach einer Weile hatten sie die Dünen erreicht. Gleich dahinter lag das Meer.

Als sie über die letzte Düne gefahren waren, schrie Lilith verzückt auf, ließ das Fahrrad fallen und lief auf das Wasser zu. Schnell zog sie Schuhe und Strümpfe aus und sprang bis zu den Waden hinein. Samuel schaute ihr lachend zu. Noch nie hatte er gesehen, dass jemand so reagierte, der älter als fünf war. Aber Lilith war eh ganz anders als all die Mädchen, die er kannte.

Dann lief er zu ihr. Als er sich von hinten an sie anschlich, um sie festzuhalten, schnellte sie herum und schubste ihn reflexhaft mit einer solchen Wucht von sich, dass er im hohen Bogen im Sand landete. Irritiert blickte er zu Lilith. Dieses Mädchen hatte Bärenkräfte! Lilith sah ihn finster an. Aber Samuel ließ sich nicht einschüchtern. Er grinste. Und ihr Gesichtsausdruck wurde milder. Dann, ganz langsam, grinste sie zurück. Das war für ihn das Signal. Er sprang wieder hoch, deutete an, sie einfangen zu wollen, und lief auf sie zu. Sie hatte das Spiel nun verstanden und rannte vergnügt quietschend weg. Er jagte sie quer über den Strand, sie hatte Spaß daran, ließ ihn näher kommen, wich dann geschickt aus, schlug Haken und jauchzte die ganze Zeit vor Vergnügen.

Währenddessen saß Greta aufgeregt und ehrfurchtsvoll in der Aula und hörte zu, wie Daria und Melody auf der Bühne das Lied «Don't Cha» von den Pussycat Dolls probten. Carlo stand mit seinem DJ-Equipment an der Seite der Bühne und gab Anweisungen.

«Daria, Timing!»

Dann schaute er zu Greta und winkte sie zu sich. Da Greta nur ein verwirrtes Meinst-du-etwa-mich-Gesicht machte, wiederholte er seine Geste. Nun stand sie auf und lief nervös nach vorne.

«Bisschen lauter», sagte Carlo zu den beiden Mädchen und beugte sich wieder über seinen Laptop, um die Musik anzupassen.

Während die Mädchen weitersangen, stand Greta schräg hinter Carlo und lauschte nachdenklich der Musik. Carlo sah ihren Blick.

«Alles okay?», fragte er sie über seine Schulter.

«Ja, alles super!», antwortete Greta nicht sehr überzeugend.

Carlo musterte sie und fragte noch einmal nach: «Sicher?»

Es kostete Greta Überwindung, aber dann sagte sie: «Äh, ja ... ich weiß nicht, ob das so ideal ist, dass Daria unisono singt. Ich glaube, eine Terz tiefer wäre besser.»

Carlo sah sie erst verblüfft und dann beeindruckt an. «Fachsprache. Du kennst dich aus.»

«Ja, ich sing ja auch. Im Gemeindechor», lächelte Greta.

Carlo sah zu den beiden Mädchen hinüber und hörte ihnen eine Zeitlang aufmerksam zu. Schließlich stoppte er die Musik. «Mädels, Greta hat einen Vorschlag», rief er.

Carlo drehte sich wieder zu Greta und sah sie auffordernd an. Oh nein, sie würde nichts sagen. Aber Carlo ließ nicht locker, nickte ihr erneut zu. Greta schluckte. Sie musste all ihren Mut zusammennehmen. Schließlich wandte sie sich stammelnd an die Sängerinnen: «Äh ... ja ... vielleicht wäre es besser, wenn Daria eine Terz tiefer singen würde.»

Daria sah sie empört an: «Hä? Was laberst du da, Mädchen? Meine Stimme ist der Hammer!»

Sofort beeilte sich Greta zu erklären: «Ja! Ja, ja, so habe ich das auch nicht gemeint, ich dachte nur, wenn die zweite Stimme tiefer wäre, dann würde es insgesamt noch viel besser klingen ...»

Melody rollte genervt die Augen. «Greta, was soll das'n jetzt? Nur wegen deiner Mama musst du dich hier nicht so aufspielen.»

Carlo unterbrach das Hin und Her. «Wir probieren es einfach mal, okay? Daria, sing mal ein bisschen tiefer.»

«Ja, aber dann fehlt doch eine Stimme!», entgegnete Daria ärgerlich.

Carlo drehte sich wieder zu Greta.

«Kannst du die singen?»

Greta wich nervös zurück. «Äh, ich weiß nicht.»

«Mir zuliebe?», bat Carlo und schaute sie mit einem umwerfenden Lächeln an. Er gab ihr ein Notenblatt in die Hand und ermutigte sie: «Machst du schon!»

Da Greta noch etwas verdattert da stand und sich nicht rührte, führte er sie auf die Bühne und positionierte sie neben Daria.

Die schnaubte empört: «Nee, oder?»

«Carlo, echt jetzt?», fragte nun auch Melody und guckte ihn sauer an.

«Was denn? Könnt euch doch ein Mikrophon teilen», antwortete Carlo den beiden, desinteressiert an ihrem Protest.

Greta litt. Es war ihr super unangenehm. Aber für Carlo wollte sie tapfer sein.

Daria beugte sich wütend zu ihr und zischte: «Du glaubst wirklich, du kannst einfach so hierherkommen und meine Stimme klauen?»

Carlo hatte keine Lust auf Zickerei. «Daria! Kannst du bitte aufhören? A cappella auf drei, okay?»

Er stellte sich vor die Mädchen, zählte bis drei, und Melody fing trotzig an zu singen. Schmollend setzte Daria ein, und schließlich sang auch Greta nervös mit. Es klang perfekt.

Carlo war sichtlich zufrieden mit dem Ergebnis. Als Daria, Melody und Greta den Refrain beendet hatten, applaudierte er. «Genau so!»

Er sah Greta ehrlich beeindruckt an. «Ich hab gedacht, du bist so eine Öko-Eule, die von nichts eine Ahnung hat.» Er kam näher. «Aber das war 'ne richtig gute Idee.»

Greta schwebte auf Wolken. Carlo war so süß! Und cool! Und vor allem: So wahnsinnig nett zu ihr. Sie strahlte.

«Noch mal mit Playback!», rief er und ging wieder zurück an sein Mischpult.

Nach der Verfolgungsjagd am Strand lagen Lilith und Samuel nebeneinander auf dem Rücken im Sand. Sie hatten die Augen geschlossen und genossen die Wärme der Sonne. Etwas Wunderbares durchströmte Lilith, sie fühlte sich wie noch nie zuvor in ihrem Leben. War sie etwa ... glücklich? Ein Wahnsinnsgefühl! Das war es also, wonach die Menschen strebten.

Da meldete sich ihr Handy. Sie setzte sich kurz auf und schaute auf das Display. SMS von ihrem Vater.

> Was treibt meine Lieblingstochter denn gerade so?
> Bist du auch brav böse?

Nein, sie hatte jetzt keine Lust zu antworten. Sie schaltete das Handy aus, steckte es weg und ließ sich mit einem Stöhnen wieder zurück in den Sand neben Samuel fallen.

«Gibt's ein Problem?», fragte Samuel, ohne die Augen zu öffnen.

Auch Lilith hatte die Augen wieder geschlossen.

«Mein Vater ...»

«Was ist das für einer?»

«Er ...» Lilith überlegte kurz. «... ist ein sehr mächtiger Mann.»

«Was macht er denn?»

«Er hält mich gefangen. In einem riesigen Turm.»

Samuel richtete seinen Oberkörper etwas auf, stützte sich auf seinen Ellbogen und sah sie an. «Also bist du so was wie eine Prinzessin.»

Lilith grinste und schaute zu ihm hoch. «Ja, das kann man so sagen. Abgeschirmt von der Außenwelt. Die nur eine Woche zu ihrem Volk darf.»

«Dann sperrt er dich wieder ein?»

«Vielleicht», gab Lilith zurück und schaute in den Himmel.

«Wenn er das macht, dann komme ich und befreie dich», sagte Samuel und grinste sie an.

Sie lächelte. «Das würdest du tun?»

«Klar, und gleichzeitig mach ich dann auch noch den Drachen platt.»

Lilith lachte auf. Samuel lächelte. Sie sahen sich in die Augen. Dann beugte er sich vorsichtig über sie. Kurz wartete er ab, was sie wohl tun würde. Attacke? Nein. Am Ausdruck in ihren Augen konnte er ablesen, dass sie ihm die Erlaubnis gab, sie zu küssen. Er tat es. Und Lilith küsste zurück. Sie verspürte keinen Nieser, keine Allergie – nur Glück.

Greta, Melody und Daria waren immer noch fleißig am Proben, als ein gestresster Seidel mit einem Tablet in der Hand die Aula betrat und mit schnellen Schritten auf die Bühne zuging.

«Carlo, machst du mal bitte die Musik aus? Danke!», rief er über das Playback hinweg.

Carlo gehorchte. Seidel blieb vor den drei Mädchen stehen.

«Entschuldigt bitte. Mädels, ich hab leider keine gute Nachricht für euch.»

«Wieso, was ist los?», fragte Carlo, kam zur Bühne und stellte sich neben Greta.

«Direktor Papenhoff hat mich angesprochen wegen des Schulfests, und er möchte nicht, dass eine Band auftritt, die Pussy Deluxe heißt», erklärte Seidel.

«Wie bitte? So heißen wir aber!», erwiderte Melody empört.

«Ja, das habe ich ihm auch gesagt. Dann hat er euch gegoogelt und das hier gefunden.» Seidel tippte kurz auf dem Display des Tablets rum, drehte es dann um, sodass die vier den Bildschirm sehen konnten. Auf dem Bildschirm war ein YouTube-Video von Melody und Daria zu sehen, wie sie ein Lied sangen und sich in knappen Hotpants und engen Tops aufreizend zur Musik rekelten. Mit zufriedenem Stolz schauten sich beide das Video an. Auch Carlo war begeistert, während Greta etwas erschrocken dreinschaute.

«Ja und? Ist doch ein geiles Video», sagte Carlo und sah Seidel fragend an.

«Das mag sein. Aber Papenhoff meint, dass ihr kein gutes Vorbild für die Jüngeren seid, und er möchte nicht, dass ihr übermorgen auftretet.»

Seidel ließ das Tablet wieder sinken.

«Hä, aber das kann er doch nicht einfach so machen!», sagte Daria wütend.

«Ey, wir arbeiten seit Wochen an dem Auftritt und an der Deko», fügte Melody vorwurfsvoll hinzu.

«Glaubt mir, euch würde ich auch viel lieber hören als das Helmholtz-Quartett. Tut mir wirklich leid», seufzte Seidel.

«So ein Arschloch!» Wütend drehte sich Melody um und stürmte von der Bühne, dicht gefolgt von Daria.

Greta und Carlo sahen sich betroffen an.

Händchenhaltend schoben Samuel und Lilith ihre Fahrräder, während sie wieder in die Stadt zurückkehrten. Als sie an einem Eisstand vorbeikamen, fragte Samuel: «Ey, willst du ein Eis?»

«Ja», antwortete Lilith lächelnd.

Samuel stellte sein Rad ab und ging schon mal vor. Lilith schaute unschlüssig ihr Fahrrad an und ließ es dann einfach los. Scheppernd fiel es zu Boden. Samuel drehte sich um, als er das Geräusch hörte, und musste grinsen: Mit Fahrrädern hatte sie es wohl echt nicht.

Während sich Samuel in der Schlange anstellte, checkte Lilith ihr Handy und erschrak. Sie hatte 20 neue Nachrichten von ihrem Vater. Und mit jeder SMS wurde er ärgerlicher. Die letzten lauteten:

Melde dich! Lilith!!!!!
Antworte!
Hey, was soll das?
Ist was passiert?

Lilith atmete tief durch. Okay. Erst mal schnell antworten, damit er sich beruhigte.

Alles klar, war nur sehr beschäftigt. Böse Grüße!,

tippte sie. Und: Senden.

Ich sehe zu Samuel rüber, der am Eisstand wartet, bis er an die Reihe kommt. Ich merke plötzlich, dass ich lächele und auch auf komische Art und Weise den Moment genieße. Ich fühle mich weich, warm und irgendwie wattig. Und ja, irgendwie auch richtig, richtig gut. Ich atme tief ein und spüre, wie mich ein glückliches Gefühl durchströmt.

Stopp! Moment mal, ich bin ziemlich sicher, dass Teufel nicht so empfinden sollten. Shit! Ich bin vom Weg abgekommen. Reality Check. Schnell wieder auf die ganzen armseligen menschlichen Kreaturen konzentrieren, die hier rumlaufen und allesamt nur darauf warten, von uns ein paar Tipps und Tricks für ein böses und damit besseres Leben zu bekommen. Ich sehe mich um.

Ein verliebtes Paar schlendert Hand in Hand die Straße entlang. Schnell woandershin sehen. Na toll, noch ein händchenhaltendes Pärchen. Und dort sitzen zwei zärtlich schmusende Leute auf einer Parkbank! Ich drehe mich noch mal zur Seite und jaule fast auf, als ich ein weiteres Paar bemerke, das sich gerade küsst. Verdammt, ist denn die ganze Welt verliebt?!

Offensichtlich. Wo bitte sind die ganzen Leute hin, die normalerweise übel gelaunt durch die Gegend laufen, sich gegenseitig anmotzen, Streit suchen oder zumindest superunfreundlich sind? Egal wohin ich sehe, überall entdecke ich verliebte Pärchen. Und Samuel und ich sind eins davon.

Panik steigt in mir auf, und dann trifft es mich plötzlich wie ein Schlag: Was mache ich hier eigentlich? Statt Böses zu tun, lasse ich es mir gutgehen, amüsiere mich. Das ist nicht der Plan! Mir wird speiübel. Was wird Paps sagen?

Und auf einmal hallen seine Worte in meinem Kopf wider: *Verliebte Teufel sind nicht zu gebrauchen. Weil sie schwach und gefühlsduselig werden. Sei schön böse.*

Das holt mich auf den Boden der teuflischen Tatsachen zurück. Also was ist los mit mir? Auf einmal fühle ich mich elend, kraftlos und schwach. Bin ich etwa ... menschlich?! Igitt! Das ist ja richtig gruselig!

Wie soll ich denn dann meinen Job als Teufel verrichten? Ich bin noch weit davon entfernt, meinem Vater ein überzeugendes Ergebnis meiner Arbeit präsentieren zu können. Die Zeit wird knapp. Habe ich etwa wirklich mein Ziel aus den Augen verloren? Nein. Aber ich verdaddele hier mit Samuel meine kostbare Zeit, statt Böses zu tun. Und dabei steht doch für mich so viel auf dem Spiel! Nämlich meine gesamte Zukunft. Die, wenn mein Vater wirklich Ernst macht, im Aktenkeller der Hölle stattfinden wird, wenn ich nicht schnell handele.

Plötzlich stand Samuel hinter Lilith und hielt ihr zwei Eiswaffeln vors Gesicht. «Hey, welches willst du?»

Lilith erschrak. Nein, das musste ein Ende haben! Sie sprang auf. «Ich muss weg.»

«Warum? Ich dachte, wir gehen noch ins Kino?», fragte Samuel überrascht.

«Planänderung!», gab Lilith zurück und lief davon.

Samuel stand perplex da, die beiden Eiswaffeln in der Hand.

Lilith rannte über den Wochenmarkt, suchte Schutz. Sie musste jetzt allein sein und nachdenken. Hinter der Plane eines Marktstandes fand sie eine ruhige Ecke.

Sie schnappte nach Luft, war völlig fertig. Sie zog Samuels Zigarettenschachtel raus und wollte sich gerade eine anzünden, da griff eine Hand nach der Zigarette und nahm sie ihr weg. Ebenso die Schachtel und das Feuerzeug.

«Gestatten: dein persönlicher Schutzengel. Abteilung Herz und Lunge.»

Wie aus dem Nichts war Gabriel aufgetaucht. Dann sah er ihr unglückliches Gesicht.

«Hast du Kummer?», fragte er besorgt.

Lilith schaute auf den Boden und zuckte die Schultern. «Ich will nach Hause.»

«Zu deinem Vater?», hakte Gabriel nach.

«Nein!», erwiderte Lilith schnell. «Zu euch.»

Sie war selbst überrascht, was sie da gerade gesagt hatte.

«Kannst bei mir mitfahren, ich pack grad ein.»

Gabriel war gerührt, dass Lilith das Haus Birnstein als ihr Zuhause bezeichnet hatte.

Auch Carlo und Greta waren auf dem Nachhauseweg, sie liefen nebeneinanderher und Carlo schob sein Fahrrad. Er dachte nach. Greta war das Schweigen unangenehm. Sie suchte verzweifelt nach irgendeinem Gesprächsthema und sagte schließlich: «Das war ganz schön fies von Papenhoff.»

«Ja, der Typ ist die Pest», brummte Carlo. Dann drehte er sich zu ihr und stellte ihr die Frage, über die er die ganze Zeit nachgedacht hatte: «Sag mal, könntest du dir vorstellen, festes Mitglied von Pussy Deluxe zu werden?»

Greta blieb ungläubig stehen und sah ihn groß an. Dann überlegte sie: «Ja, aber was ist mit Melody und Daria? Ich glaub nicht, dass die das so gut finden.»

«Ach, du darfst dich nicht von denen einschüchtern lassen. Die beiden sind eigentlich ganz nett.» Carlo setzte sich wieder in Bewegung, Greta folgte ihm.

«Außerdem sind sie Profis genug, um zu erkennen, dass das Ganze mit deiner Stimme erst richtig rund klingt.»

Er lächelte sie an. Ihr wurden die Knie ganz weich, teils, weil Carlo sie gelobt hatte, teils, weil er sie superlieb ansah. Und es wurde noch besser, er sah ihr in die Augen und meinte: «Ich hätte dich einfach gerne dabei.»

Greta schmolz dahin, und sie blieb wieder stehen. «Wirklich?», fragte sie ungläubig.

«Ja, ich mein, du hast Talent und Ahnung von Musik und lässt es nicht mal raushängen. Das ist cool», erwiderte Carlo ehrlich.

Greta schluckte. Das Einzige, was ihr einfiel, war, hinter sich zu deuten und zu sagen: «Hättest du nicht grad abbiegen müssen?»

Carlo schaute zurück auf die Straße. «Ja, äh, stimmt. Dann ... bis morgen.»

Doch er machte keine Anstalten zu gehen. Stattdessen sah er Greta wieder tief in die Augen. Wie ein verwirrtes Häschen blickte sie ihn an. Langsam beugte sich Carlo zu Greta hinunter ...

Genau in diesem Moment fuhren Gabriel und Lilith an den beiden vorbei. Zu Liliths Leidwesen war Gabriel dabei, eines seiner Lieder zu trällern.

«Moment, da war doch Greta», bemerkte Gabriel plötzlich, bremste scharf und legte den Rückwärtsgang seines alten Lieferwagens ein. Quietschend hielt er neben den beiden.

«Hallo Greta! Willst du mit?», rief Gabriel, beugte sich aus dem offenen Fenster und hupte auch noch.

Erschrocken fuhren Carlo und Greta auseinander. Carlo ließ vor Schreck sein Fahrrad fallen und hob dann ungelenk die Hand zum Gruß: «Hallo.»

Jetzt bemerkte auch Gabriel, was er da gerade unterbrochen hatte.

«Äh, sorry ...» Dabei hätte er es belassen sollen, aber er

sprach weiter: «... jetzt habe ich dir deinen ersten Kuss ... ähm, tut mir leid.»

Lilith rollte die Augen, schlimmer ging's ja wohl nicht!

Greta war völlig überfordert von der Situation. Sie drehte sich unbeholfen zu Carlo.

«Tschüs!», murmelte sie und stieg ins Auto.

Zu Hause angekommen, konnte Greta ihre Tränen nicht mehr zurückhalten. Sie rannte ins Haus, an ihrer Mutter vorbei, die Treppe hinauf und in ihr Zimmer. Sibylle sah ihrer Tochter überrascht nach.

«Greta ...»

Lilith folgte Greta, teilte Sibylle nur kurz mit: «Ich mach schon» und stieg die Treppe hoch.

Sibylle stand mit ratlosem Gesicht da, als Gabriel wie ein begossener Pudel ins Haus geschlichen kam. Er sah seine Frau unglücklich an, seufzte tief. «Ich hab Gretas Date versaut», stöhnte er und schaute bedrückt die Treppe hoch.

«Ach Gottchen», seufzte nun auch Sibylle.

Greta ließ sich auf ihr Bett fallen und schluchzte: «Es war so peinlich! Ich hätte mich nie mit ihm treffen sollen.»

Schroff sagte Lilith: «Carlo wollte dich gerade küssen! Das hast du dir doch immer gewünscht!»

«Ja, aber irgendwie ist mir das gerade alles zu viel. Gestern haben sich noch alle über mich lustig gemacht und heute interessiert sich der süßeste Junge der Schule für mich!», schniefte Greta verzweifelt.

«Ja, ist doch perfekt! Dein Leben könnte nicht besser sein! Wow! Hör auf rumzuheulen», sagte Lilith ungeduldig.

«Und was ist, wenn Carlo es nicht ernst mit mir meint?», fragte Greta dann und sah Lilith ängstlich an.

Das brachte Lilith aus dem Konzept. Sie stockte und wusste für einen Moment nicht, was sie antworten sollte. Dann riss sie sich zusammen und winkte ab. «Quatsch. Der ist voll verknallt in dich!» Sie ging zu Greta und setzte sich neben sie aufs Bett. «Das wird was!»

«Glaubst du wirklich?», fragte Greta unsicher.

Schon wieder brachte Lilith keinen Ton heraus, sie blickte zur Seite und nickte halbherzig. Verflixt! Wieso bereitete das Lügen ihr auf einmal Schwierigkeiten? Und da war dieses merkwürdige Gefühl. Unbekannt. Schlechtes Gewissen? Quatsch! Teufel hatten nie ein schlechtes Gewissen! Sie machten ja nur ihren Job. Genau! Einen Job. Lilith straffte sich.

Greta sah sie voller Dankbarkeit an.

«Danke, dass du mir immer so gut zuredest. Immer wenn ich aufgeben will, dann machst du mir Mut.»

Oh nein, bitte nicht! Lilith lächelte gequält und zwang sich, Greta kurz in die Augen zu schauen, dann sah sie wieder zur Seite.

«Ganz ehrlich, ich bin so verliebt in ihn! Das ist das schönste Gefühl, das ich je hatte!», schwärmte Greta mit verheulten Augen. Ihre Wimperntusche war verlaufen, davon hatte sie nun schwarze Ringe um die Augen und sah aus wie ein kleiner Waschbär.

Lilith musste diese Konversation über Gefühle beenden,

sie fühlte sich immer unwohler. «Schmink dich jetzt mal ab. Hast du mein Täschchen?» Lilith blickte sich suchend um.

«Ja», nickte Greta und fing an, in ihrer Schultasche danach zu wühlen. Auf einmal zog sie Liliths Loknar hervor. «Wofür ist das hier eigentlich? Ist das so eine Art Lipgloss?»

Schnell griff Lilith nach dem Loknar. Als er ihre Hand berührte, veränderte er seine Farbe und wurde pink.

«Wow», kommentierte Greta und schaute auf die kleine Kugel in Liliths Hand.

Sofort verdeckte Lilith ihn mit ihrer anderen Hand. Greta wartete auf eine Erklärung. Lilith räusperte sich.

«Äh, das hat mir mein Papa gegeben. Das ist ... wie so ein ... persönliches Fieberthermometer.»

«Ihr habt ja komische Sachen im Saarland», sagte Greta und fragte dann besorgt: «Hast du denn noch Fieber?»

«Scheinbar», antwortete Lilith geistesabwesend.

«Oje ...» Greta überlegte. «Wie wäre es denn mit ein bisschen frischer Luft? Ich muss noch die Radieschen ernten. Magst du mir vielleicht helfen?»

Verächtlich antwortete Lilith in Lilith-Manier: «Nee.»

Greta kniete vor dem Beet, zupfte Radieschen aus der Erde und legte sie in eine Holzstiege. Lilith saß etwas entfernt auf der Kante des Beetes und spielte mit einem Radieschen. Greta war wieder gut gelaunt.

«Das wird so schön, wenn du endlich hier richtig wohnst! Wir werden so viel Spaß zusammen haben.»

Lilith zupfte wortlos die Blätter von dem Radieschen ab. In ihr arbeitete es. Sie würde so gern mit Greta über ihr Problem sprechen.

«Greta?», fing sie an und blickte zu ihr rüber.

«Ja?» Greta zog weiter Radieschen aus der Erde.

«Ich glaube nicht, dass ich nach Birkenbrunn ziehen werde», sagte Lilith dann.

Greta stoppte schockiert ihre Arbeit und drehte sich zu Lilith. «Warum?»

«Weil mein Vater ...» Lilith suchte nach Worten. «Mein Vater glaubt, dass es nicht das Richtige für mich ist. Er denkt, ich werde hier zu weich, zu nett ...» Dann knurrte sie: «Das darf ich nämlich nicht.»

Greta war verwirrt, das konnte doch nicht sein. Sicherheitshalber fragte sie nach: «Dein Vater verbietet dir, nett zu sein?» Sie setzte sich neben Lilith und sah sie fragend an.

«Ja, er ist eben ...», der Teufel, hätte Lilith fast gesagt. Rechtzeitig stoppte sie. Wie könnte sie Greta ihr Problem erklären, ohne ihr die Wahrheit zu erzählen? Denn über das Verbot, Menschen zu sagen, wer sie wirklich war, wollte sie sich nicht hinwegsetzen.

«Was denkt er sich denn dabei?», erkundigte sich Greta perplex.

«Er steht auf merkwürdige Wetten, weißt du? Und in dem Fall hat er mit mir gewettet, dass ich es nicht schaffe, hier bei euch ...», wieder brach sie ab. Neuer Ansatz.

«Ich bin hier quasi nur zur Probe und darf nur bleiben, wenn ich ...» Sie holte tief Luft. «... wenn ich Böses tue.»

So, nun war's raus!

Greta zuckte erschrocken zurück.

Empört rief sie: «Dein Vater ist ja ein komischer Kauz! Welcher Papa will denn von seiner Tochter, dass sie böse ist?»

Darauf antwortete Lilith nicht. Stattdessen seufzte sie: «Ich dachte auch, das wär kein Problem für mich!» Ernüchtert stellte sie fest: «Aber so wie es aussieht, muss ich am Samstag wieder zurück.» Niedergeschlagen schaute Lilith zu Boden.

In Greta arbeitete es. Nun wollte sie zur Abwechslung mal Lilith Mut machen.

«Hey, du darfst doch nicht aufgeben! Du hast doch noch zwei Tage Zeit, böse zu sein!»

Lilith sah sie erstaunt an. Tatsächlich? Diese Worte aus Gretas Mund?

Greta bemerkte, dass sich Lilith wunderte, und erklärte etwas entschuldigend: «Na ja, wenn du dann hier bleiben darfst ...» Sie sah Lilith ganz lieb an. «Ich will nämlich nicht, dass du gehst.»

«Ich will auch hier bleiben», gab Lilith zu.

Greta freute sich. «Also, hast du 'ne Idee?», fragte sie voller Tatendrang.

Lilith zögerte. «Na ja, ich hab da was Megafieses angeleiert ...», gab sie ein wenig gequält zu.

Greta jubelte: «Ja, hoffentlich klappt das! Das wär so schön, wenn du hier bleiben könntest!» Sie nahm Lilith glücklich in die Arme und sagte: «Ich hatte noch nie eine beste Freundin!»

Lilith ließ die Umarmung zu. Menschliche Berührungen machten ihr nichts mehr aus. Aber Gretas freundschaftliches Verhalten führte dazu, dass sie jetzt ein abgrundtief schlechtes Gewissen hatte.

Als es am nächsten Morgen zur großen Pause klingelte und die Schüler aus dem Gebäude strömten, stand Lilith bereits auf dem Schulhof und hielt angespannt Ausschau nach Samuel. Sie würde ihm gerne ihr merkwürdiges Verhalten von gestern erklären und, falls nötig, die Wogen wieder glätten. Doch Samuel war nirgends zu sehen.

Pling. Nachricht auf ihrem Handy. Von Samuel.

Na, heute wieder besser drauf?

Sie antwortete:

Ja, sorry wegen gestern! Wo bist du?

Wieder schaute sie sich auf dem Schulhof um.

Seidel ging gerade auf Carlo zu. «Du bist doch morgen für die Technik zuständig, oder?»

«Yes, Sir!»

Seidel zog einen Memory-Stick aus der Tasche und drückte ihn Carlo in die Hand. «Das sind die Fotos für den Vortrag von Direktor Papenhoff.»

Dann ging er weiter. Carlo steckte den Stick ein und lief Richtung Haupteingang.

Lilith checkte noch einmal ihr Handy, ob Samuel schon

zurückgeschrieben hatte. Nichts. Dann beobachtete sie, wie Carlo von zwei Mädchen angesprochen wurde.

«Hey, Carlo!»

«Sehen wir uns heute Nachmittag?»

Carlo grinste: «Kommt drauf an, wie mein Vormittag läuft.»

Die Mädchen kicherten und gingen weiter. Carlo verschwand im Schulgebäude.

Lilith schluckte. Er würde heute mit Greta Schluss machen. Lilith war nicht happy. Dann traf sie eine Entscheidung. Entschlossen folgte sie ihm.

Währenddessen stand Greta in der Mädchentoilette und wartete gespannt auf Melody und Daria, die gerade in den Toilettenkabinen ihre Outfits wechselten. Greta hatte ihnen Strickkleider besorgt. So wie sie es wollten: eng und kurz. Kleider von ihren kleinen Schwestern.

Melody schimpfte aus der Kabine heraus: «Alter, ich hab immer noch so 'ne Wut!»

«Was sollen wir machen, Mel?», antwortete Daria. «Wenn der Vollidiot von Direktor sagt, wir treten nicht auf, treten wir da halt nicht auf.»

Dann stolzierten die beiden aus der Kabine und drehten sich strahlend vor Greta hin und her. Tatsächlich sahen die Strickkleider an den beiden sexy aus.

«Und?», fragte Daria und zeigte mit beiden Händen an dem Kleid rauf und runter.

«Sehen wir heiß aus, oder sehen wir heiß aus?» Melody lachte.

Greta nickte. «Total schön ...»

«Danke, Süße!», flötete Melody. Sie wollte auch Greta ein Kompliment machen und beteuerte: «Aber dein Kleid ist auch geil!» Daria nickte eifrig und bestätigend.

Greta trug wie üblich ihr weites formloses Strickkleid.

Zwei jüngere Mädchen kamen rein und musterten Melodys und Darias neue Outfits.

«Ist was, ihr Pissnelken?», blaffte Daria sie an.

«Wo gibt's denn die Kleider?», fragte eins der Mädchen.

Das andere schwärmte: «Die sind voll cool!»

Hochmütig meinte Melody: «Das sind exklusive Birnstein-Modelle.»

Daria fragte die Mädchen lockend: «Wollt ihr auch welche haben?»

Die beiden nickten begeistert.

Dann grinste Daria: «Die sind aber alle ausverkauft, also vergesst es!»

Melody und Daria lachten, legten jeweils einen Arm um Greta, der die kleine Szene eben äußerst unangenehm war. Sie gackerten noch mal schallend und zogen Greta mit sich auf den Flur.

Dort kam ihnen Carlo entgegen. Als er Greta sah, bekam er einen ganz weichen Gesichtsausdruck und wurde etwas verlegen.

«Hey, Greta!»

Melody war das nicht entgangen. «Uuuhhh ... Love is in the air, Alter!», spottete sie freundlich.

Dann gingen die beiden lachend weiter. Carlo und Greta standen nun direkt voreinander. In erster Linie war es peinlich. Beiden. Sie wussten nicht so ganz, was sie sagen sollten. Schließlich fing Greta an.

«Hi.»

«Hi.»

«Hi», sagte Greta nun noch einmal, und dann mussten beide lachen. Das Eis war gebrochen.

«Ist dein Vater in der Nähe?», fragte Carlo leise.

Greta wurde rot und schüttelte den Kopf.

«Okay, ähm ... ja ...», stammelte Carlo untypisch schüchtern und etwas verlegen. Dann fasste er sich ein Herz, blickte Greta in die Augen und näherte sich ihr ganz langsam. Sie riss in freudiger Erwartung ihres ersten Kusses die Augen auf.

Lilith war Carlo ins Gebäude gefolgt. Als sie sah, dass er im Begriff war, Greta zu küssen, stürmte sie panisch auf die beiden zu. Mit einem Ruck riss sie ihn von Greta weg.

«Wir müssen reden!» Sie zerrte ihn mit sich, bis sie außer Hörweite von Greta waren. «Der Deal ist vorbei! Du brichst ihr nicht das Herz!»

«Sag mal spinnst du?» Carlo war supersauer.

Lilith drohte: «Wenn du ihr weh tust, mach ich dich platt!»

«Zu deiner Info, das hab ich gar nicht vor. Ich mag sie nämlich.» Er griff in seine Jackentasche gab ihr den halben Zweihundert-Euro-Schein. «Und dein Scheißgeld kannste wieder haben!»

Er wartete ihre Antwort nicht ab, sondern ging zurück zu Greta, die sich nicht von der Stelle bewegt hatte, sondern immer noch verdattert dastand. Lilith beobachtete, wie Carlo anfing, ihr etwas zu erklären. Gretas Gesichtsausdruck veränderte sich von ungläubig zu entsetzt, während sie von Carlo zu Lilith und wieder zu Carlo schaute.

Na toll, dachte Lilith, der Trottel legt wohl ein Geständnis ab. Als Carlo geendet hatte, war Greta in sich zusammengesunken. Dann sah sie Lilith an und kam auf sie zu.

Völlig fassungslos fragte sie: «Du hast Carlo Geld gegeben, damit er mit mir Schluss macht?»

Nachdem Lilith es nicht abstritt, ging Greta davon aus, dass es der Wahrheit entsprach. Sie war tief getroffen. Es fiel ihr schwer weiterzusprechen. Leise, fast flüsternd, sagte sie: «Wie kannst du so was machen? Ich dachte, du bist meine Freundin.»

Lilith konnte ihr nicht in die Augen sehen, als sie sich rechtfertigte. «Ich hab dir doch gesagt, meine Aufgabe ist, böse zu sein.»

Greta war kurz vorm Heulen. Mit Mühe stieß sie hervor: «Ich sag dir jetzt mal was: Fahr zur Hölle, Lilith!» Sie drehte sich um und ging.

Verblüfft sah Lilith ihr hinterher. Dann schoss ihr ein Gedanke durch den Kopf: Vielleicht war ja noch nicht alles verloren.

«Hey, du kannst ja doch richtig wütend sein! Und wie fühlt sich das an?»

Greta blieb stehen, drehte sich um und sah Lilith unendlich enttäuscht an. «Ich bin nicht wütend. Ich bin einfach nur traurig.»

Dann drehte sie sich wieder um, lief zu Carlo zurück, und die beiden gingen weg.

Lilith sah Greta hinterher. Traurig, flügellahm und voller Schuldgefühle. Sie schluckte und wusste nicht, wie sie mit diesen neuen Gefühlen umgehen sollte. Das war nun langsam alles zu verwirrend. Wieso hatte sie ihren eigenen Plan, ihr Ticket in die Freiheit, boykottiert? Wieso hatte sie Carlo stoppen wollen? Wo war ihre Coolness, ihre Eiseskälte, ihre diabolische Freude am Bösen? Wie hatte ihr das verlorengehen können? Nun war sie schwach, hilflos, verwundbar.

Da bekam sie eine Nachricht von Samuel aufs Handy:

Komm zum Strand. Jetzt.

Sie atmete tief durch. Die nächste Baustelle. Samuel.

Lilith hatte sich ein Fahrrad organisiert. Das einzige, das sie unabgeschlossen gefunden hatte, war ein kleines pinkes Mädchenrad. Dass es so niedrig war, wäre eventuell ein Vorteil beim Fallen. Schlenkernd radelte sie den Weg durch die Dünen. Als sie oben auf dem Kamm angekommen war, entdeckte sie Samuel unten am Strand. Er stand mit dem Rücken zu ihr und hatte eine leere Flasche in der Hand. Lilith stapfte die Düne hinunter. Die Sache mit Greta hatte sie sehr mitgenommen. Sehr viel mehr, als sie zugeben wollte.

Als Samuel sich umdrehte und Lilith sah, freute er sich. Sein Lächeln erstarb jedoch, als sie näher kam und er ihren düsteren Gesichtsausdruck bemerkte.

«Alles okay?», fragte er.

Lilith fauchte ironisch: «Ja, klar, alles gut!»

«Was ist?», erkundigte er sich.

Sie begann, gereizt auf und ab zu laufen. Mehr zu sich als zu Samuel schimpfte sie: «Ich hab's verkackt! Mein Vater hatte recht! Ich bin noch zu jung dafür! Scheiße! Ich hab's verkackt!» Dann blieb sie stehen und schwieg.

Samuel kam nun zu dem Punkt, weshalb er sie hergebeten hatte. Er lächelte sie an.

«Ich wollte, dass du dabei bist, wenn ich's tue.»

«Was tue?»

Samuel holte sein Bahnticket nach Berlin aus der Tasche und zeigte es ihr. Dann zog er den Korken aus der Flasche, stopfte das Ticket rein, drückte den Korken wieder drauf und warf die Flasche im hohen Bogen ins Meer.

«Was soll das?», fragte Lilith.

«Geht's dir jetzt besser?»

Lilith verstand nicht, wieso es ihr besser gehen sollte, wenn Samuel Flaschenpost spielte.

Samuel strahlte sie an und verkündete: «Ich bleib hier. Ich bleib in Birkenbrunn.»

«Aber du hattest doch den Plan ... mit dem Abhauen!»

«Das war vorher.»

«Vor was?»

Samuel sah Lilith zärtlich an. «Bevor du hier aufgetaucht bist.» Sie war sprachlos.

Er lächelte. «Ich find's grad so schön hier! Und ich glaub, Schulabschluss machen ist vielleicht doch gar nicht so blöd.»

Lilith schnappte nach Luft, als ihr die Zusammenhänge klar wurden.

«Moment mal ... Weil du mich kennengelernt hast, willst du jetzt brav zur Schule gehen und deinen Abschluss machen?»

Samuel nickte lebhaft.

Lilith schrie hysterisch. «Das ist ja grauenvoll!» Sie warf theatralisch die Arme in die Luft und fing wieder an, auf und ab zu laufen.

Samuel wurde nun sauer. «Kannst du mir jetzt endlich mal sagen ...»

Lilith hob abwehrend die Hand in seine Richtung, er solle schweigen, setzte ihre hektische Lauferei fort und dachte nach. Der Typ, der auf Regeln pfiff und ständig Ärger machte, dieser Typ wollte nun wegen ihr nach den Regeln spielen? Sie hatte jemandem zum *Guten* bekehrt? Stand denn die ganze Welt kopf? Sie war nicht mehr in der Lage, Böses zu tun! Schlimmer noch, sie wollte, dass Greta nicht leiden musste, dass Greta glücklich war. Was war passiert?

Dann blieb sie abrupt stehen und sah Samuel an. Nun hatte sie die Antwort. Ihre Augen funkelten wütend, und langsam schritt sie auf Samuel zu.

«Dass ich dich kennengelernt hab, war das Schlimmste, was mir je in meinem ganzen Leben passiert ist! Nur wegen dir bin ich schwach und gefühlsduselig geworden!»

Samuel sah sie völlig baff und wie vor den Kopf geschlagen an.

«Das war's», zischte sie, drehte sich um und lief wieder zurück.

Fassungslos stand Samuel da. Für ihn brach eine Welt zusammen.

Ich fahre, so schnell es geht, auf diesem dämlichen pinken Rädchen zurück nach Birkenbrunn. Ich bin ziemlich durch den Wind. Weiß gar nicht so genau, was ich jetzt denken oder fühlen soll. Ich bin in einen Gefühlswirrwarr verstrickt. Shit! Shit! Shit!

Aber wenn wir die Sache nüchtern betrachten, habe ich alles richtig gemacht: Ich habe das Problem erkannt, nämlich Samuel, und eliminiert. Er ist raus aus meinem Leben!

Aber wie kommt es, dass man sich so schlecht fühlt, obwohl man alles richtig gemacht hat? Habe ich doch? Oder?

Die Landschaft beginnt vor meinen Augen zu verschwimmen, ich kann nicht mehr weiterfahren, muss anhalten. Mist! Als ich mir ins Gesicht fasse, bemerke ich, dass ich weine. Es sind Tränen! Ja, auch die Tochter des Teufels heult. Wenn sie verliebt ist. Und weil sie verliebt ist. Es hat mich erwischt! Scheiß Liebe! Scheiß Gefühlsduseligkeit!

Also eins sollte mein Vater dringend ändern in Zukunft: Die Ausbildung eines Teufels sollte nicht mit den sieben Todsünden starten, sondern definitiv damit, wie man mit dem Thema Liebe umgeht und wie man sich dagegen richtig wappnet. So was sollte am allerersten Tag des Unterrichts bereits besprochen werden! Gleich als Nächstes sollte das Thema Freundschaft durchgenommen werden. Und wie man sich auch davor schützt. Das ist nämlich auch so ein warmes, fusseliges, wohliges Gefühl, das die angenehm eisige Kälte, die einen Teufel beherrscht, nach und nach verschwinden lässt. Wenn sie dir beigebracht haben, wie du Freundschaft und Liebe vermeidest, dann können sie im Lehrplan gerne mit den sieben Todsünden weitermachen.

Was habe ich mir nur dabei gedacht, meinen Vater dazu zu bringen, mich zu den Menschen zu lassen?!

Ich habe auf der ganzen Linie versagt. Nicht nur, dass ich es nicht geschafft habe, aus Greta ein böses Mädchen zu machen, jetzt habe ich mich auch noch – Super-GAU – verliebt!

Ist jetzt nicht so, dass ich traurig bin, dass ich meinen Vater enttäuscht habe, nein, ich bin stinkwütend. Das wird ein Fest für meinen Vater am Samstag. Er wird seinen väterlichen Lieblingssatz loswerden können: «Ich habe es dir ja gesagt!»

Ich hasse es, wenn er recht hat.

Ich bin so todunglücklich! Alles ist furchtbar. Jetzt ist mein Leben sprichwörtlich die Hölle!

Ich muss mit jemandem reden! Mit jemandem, der nicht mein Vater ist. Also für solche verdammten Situationen halten sich die Menschen wohl Freunde.

Als Lilith an der Schule angekommen war und das Fahrrad abstellte, sah sie, wie Greta und Carlo sich vor dem Bus umarmten und verabschiedeten. Greta stieg ein und Carlo fuhr mit seinem Rad davon.

Schnell lief Lilith zum Bus und stieg ebenfalls ein. Greta saß bereits, Lilith ging zu ihr und blieb vor ihr im Gang stehen.

«Können wir reden?»

Greta sah demonstrativ aus dem Fenster.

«Bitte, Greta, ich brauch jetzt eine Freundin!», bettelte Lilith und versuchte die Tränen zurückzuhalten. Als Greta immer noch nicht reagierte, sondern weiterhin aus dem Fenster schaute, atmete Lilith tief ein, und dann sprudelte es schon aus ihr heraus: «Ich hab mit Samuel Schluss gemacht, obwohl ich's gar nicht wollte!»

Verblüfft drehte sich Greta zu ihr. «Wieso hast du's dann gemacht?»

«Weil er schuld an allem ist! Nur weil ich mich in diesen Voll... Arsch verlieben musste, kann ich nicht mehr richtig böse sein!» Lilith fing an zu heulen und kramte ihren Loknar aus der Tasche. «Hier! Das ist kein Fieberthermometer! Das Teil misst meine Gefühlstemperatur!»

Die pinken Schlieren wirbelten nur so durch die Kugel, färbten sie fast komplett ein.

«Und wenn ich wirklich böse wär, dann wär's kohlrabenschwarz! Ich bin's also nicht!»

Sie setzte sich neben Greta und heulte weiter. «Ich weiß überhaupt nicht mehr, was ich bin!»

Gretas Gesichtsausdruck wurde weicher. Sie wollte Lilith trösten. «Also, ich finde, du hast dir echt Mühe gegeben, böse zu sein.»

Lilith sah Greta an und nickte. Greta hatte recht: Sie hatte sich wirklich Mühe gegeben.

Greta fuhr freundlich fort: «Aber vielleicht musst du akzeptieren, dass du's nicht bist. Ich mein, sonst hättest du doch auch nicht versucht, Carlo aufzuhalten und mich zu beschützen.»

So was wollte Lilith nicht hören. Sie hielt sich die Ohren zu. «Nein!», jammerte sie und kniff nun auch die Augen fest zusammen.

Sanft griff Greta nach Liliths Händen und zog sie von ihren Ohren. «Hey! Hey ...», versuchte sie Lilith zu beruhigen und sagte liebevoll: «Du bist nicht böse! Das ist was Gutes!»

Lilith jaulte: «Nicht für mich! Ich bin doch nur zur Probe hier!»

Da fiel Greta das Gespräch vom Vortag ein, und sie machte ein erschrockenes Gesicht.

«Meinst du, dein Vater nimmt dich jetzt morgen wirklich wieder mit zurück?»

Lilith nickte und musste wieder heftig heulen.

Greta wusste nicht, was sie sagen sollte, sie überlegte fieberhaft. «Und was ist, wenn ich versuche, dir zu helfen?»

Lilith lachte bitter auf. «Ja klar! Du, das netteste Mädchen aus Birkenbrunn.»

«Ich dachte ja nur ...», murmelte Greta. Sie zuckte mit den Schultern, seufzte und war nun auch entmutigt.

Lilith sah Greta an, und mit einem Mal war sie so unendlich dankbar, dass Greta ihre Freundin war. Sie schlang ihre Arme um sie und umarmte sie ganz fest. Auch Greta hielt Lilith umschlungen und kämpfte nun gegen Tränen. Der Gedanke, dass sie sich wieder trennen mussten, war schrecklich für die beiden.

Am nächsten Tag stand das Helmholtz-Schulfest an. Schüler und ihre Eltern strömten über den Schulhof Richtung Aula. Familie Birnstein und Lilith stiegen auf dem Parkplatz vor der Schule aus dem Auto.

Lilith war sehr ernst. Sie bemühte sich, gefasst zu sein und ihren letzten Tag unter den Menschen mit Haltung anzugehen. Im Gegensatz dazu war Greta fröhlich und bestens gelaunt. Noch mehr als sonst. Sie nahm Liliths Schminktäschchen aus ihrem Rucksack und hielt es ihr hin.

«Hier, deine Schminktasche.»

Lilith nahm sie wortlos entgegen und die beiden gingen los.

Gabriel öffnete den Kofferraum und hievte eine medizinballgroße Zucchini raus.

«Greta, warte mal einen Moment!», rief er und überreichte sie seiner Tochter, während er stolz verkündete: «Die spende ich für die Tombola!»

Greta nahm die Zucchini entgegen und ging unter dem Gewicht leicht in die Knie.

«Gemüse?», machte Lilith abfällig.

Gabriel warf sich in die Brust. «Das ist nicht irgendein Gemüse, das ist die Zucchini, mit der ich den internationalen Wettbewerb der Kürbisgewächse gewonnen habe!»

Greta schmunzelte. «Alles gut, Papa. Bis gleich, ja?»

Die beiden Mädchen liefen über den Schulhof. Greta ächzte unter dem Gewicht der Zucchini.

Sie sah Lilith an. «Glaubst du, dein Vater ist schon hier?»

«Hab ihn noch nicht gesehen», sagte Lilith nur knapp.

«Aber er kommt doch zur Aufführung?», hakte Greta nach und schien ungewöhnlich aufgeregt zu sein. Lilith nickte emotionslos. Greta lächelte, zufrieden mit dieser Antwort. «Du, da sind Melody und Daria! Wir sehen uns später, ja?»

Lilith ging alleine weiter Richtung Eingangshalle, während Greta gutgelaunt zu den beiden Mädchen eilte.

«Hallo, Mädels!»

«Hey!», antworteten die beiden gleichzeitig.

Greta fragte leise: «Und? Ziehen wir's durch?»

Melody grinste verschwörerisch. «Was denkst du denn?»

Eddie, der immer noch die Mütze seines Freundes trug, ging mit seinem Violinenkasten Richtung Eingang. Als er die Mädchen entdeckte, stoppte er, blickte sich ein wenig paranoid um, ob Lilith wohl in der Nähe sei. Als er sie nirgends entdecken konnte, rief er Melody, Daria und Greta zu: «Na, ihr Pussys! Hab gehört, euer Auftritt wurde gecancelt!» Mit meckerndem Lachen ging er weiter.

Mit Blick auf Eddie erkundigte sich Greta bei Melody: «Habt ihr das Juckpulver?»

Melody hob grinsend ihre Umhängetasche hoch und blickte Eddie nach.

«Freu mich schon auf seine Performance ...»

Dann kam Carlo zu ihnen. «So, drinnen ist alles vorbereitet!», teilte er mit.

«Hi», sagte Greta zu Carlo und grinste wie ein Honigkuchenpferd.

«Hi Greta!», gab er strahlend zurück.

«Okay, wir gehen schon mal backstage!», sagte Melody, aber Carlo und Greta reagierten gar nicht, sie hatten nur Augen füreinander. Melody und Daria verdrückten sich amüsiert.

«Und, hat alles geklappt?», fragte Greta.

Carlo nickte und holte einen Memory-Stick hervor. «Ja, klar ... ich würd' mal sagen, Papenhoff wird sich freuen», lachte er.

Greta strahlte ihn glücklich an. «Danke.»

Carlo sah Greta verliebt an, ein wenig unschlüssig, was er nun tun sollte, dann fiel sein Blick auf die Zucchini. «Soll ich ...? Ich nehm das mal», bot er an.

«Ja, danke. Geht's?», fragte sie, als auch Carlo erst einmal Schwierigkeiten hatte, das Monstrum von Zucchini zu umfassen.

«Ganz schön großer Kürbis», wunderte er sich.

Greta lachte. «Das ist 'ne Zucchini.»

Zusammen liefen sie zur Aula.

Melody und Daria schlichen in die Bühnengarderobe und fanden auch gleich, was sie gesucht hatten: die weißen Oberhemden, die Eddie und sein Helmholtz-Quartett tragen würden. Großzügig streute Melody Juckpulver in die Hemden, während Daria Schmiere stand.

Dann huschten sie kichernd wieder nach draußen.

Lilith saß niedergeschlagen auf halber Treppe in der Eingangshalle und betrachtete die Menschen, die dort herumstanden. Plötzlich entstand eine Gasse im Gedränge. Lilith sah es und schluckte. Sie wusste, wer da kam.

Der Teufel schritt herein, und er teilte die Menschenmenge wie Moses das Rote Meer. Den Menschen war es nicht bewusst, es war eine instinktive Reaktion, dem Teufel auszuweichen.

In der Tür zur Aula blieb Liliths Vater stehen, alle hielten einen Sicherheitsabstand ein. Da kam Gabriel fröhlich des Weges, lief genau auf den Teufel zu, und da der ihm im Weg stand, bat er ihn freundlich: «Entschuldigung. Darf ich?»

Entrüstet sah der Teufel ihn an und bewegte sich keinen einzigen Millimeter. Das störte Gabriel nicht weiter, nett lächelnd drängte er sich an ihm vorbei in die Aula. Der Teufel war ganz und gar nicht erfreut über diesen respektlosen Menschen.

Dann betrat auch er die Aula. Als er auf eine Sitzreihe zuschritt, standen plötzlich die dort bereits sitzenden Menschen auf und suchten sich andere Plätze. Dem Teufel gefiel das. Nun hatte er die freie Auswahl. Er nahm Platz, da kam auch schon Lilith. Sie blieb an der Sitzreihe ihres Vaters stehen, nahm die unbesetzten Stühle wahr und sah ihn an. Er blickte auf die vielen leeren Plätze um ihn herum und schmunzelte: «Von Zeit zu Zeit mische ich mich gerne unter die Menschen.» Dann befahl er Lilith: «Setz dich!»

Lilith nahm neben ihm Platz. Sie war blass und still. Sie litt unsäglich. Aber ihr Gesicht zeigte keinerlei Emotionen. Sie wollte keine Schwäche zeigen. Nicht vor ihrem Vater.

«Wo ist Greta?», erkundigte er sich.

«Müsste hier irgendwo sitzen.»

Seidel kam auf die Bühne und begrüßte das Publikum. Während er Direktor Papenhoff ankündigte, wandte sich der Teufel an seine Tochter.

«Und, hast du jetzt deine Aufgabe erfüllt? Ist Greta ein böses Mädchen?»

Lilith antwortete nicht, sondern blickte zur Seite. Der Teufel zog daraus die richtigen Schlüsse.

«Das hab ich mir schon gedacht», stöhnte er verächtlich. «In der Pause gehen wir.»

Lilith nahm es stoisch hin.

Nun hatte Papenhoff mit seinem Vortrag über Afrika begonnen und noch einmal herausgestellt, wie großmütig es doch von ihm gewesen war, eine solche Reise für die Schule zu unternehmen.

Seidel seufzte. Ob allen bekannt war, dass Papenhoff das auf Kosten der Schule tat?

Auf der Bühne vor dem Vorhang war eine riesige Leinwand aufgebaut, auf der Papenhoffs Reisefotos zu sehen waren. Er stand mit einer Fernbedienung in der Hand dem Publikum zugewandt und sprach, während hinter ihm die Fotos erschienen.

«Ich war im wilden Ostafrika. Teilen Sie meine Ehrfurcht und mein Staunen vor der Wiege der Menschheit.»

Carlo, der für die Technik zuständig war, saß seitlich an der Bühne und wartete gespannt darauf, dass der Direktor fortfuhr.

«Die Serengeti! Der letzte große Naturpark! Allerdings zunehmend gefährdet durch Umweltverschmutzung! Genauer gesagt: durch sauren Regen!»

An dieser Stelle leuchteten die Augen des Teufels kurz erfreut auf, und ein stolzes Lächeln umspielte seinen Mund. Ja, das war sein Werk. Umweltverschmutzung war eins seiner Lieblingsprojekte, dazu waren die Menschen im Handumdrehen zu verführen, aus Geldgier und Bequemlichkeit.

Papenhoff klickte auf die Fernbedienung, das nächste Bild erschien: ein Elefant und daneben der Direktor höchstselbst, wie er gegen einen Baum pinkelte, während er den Kopf zur Kamera gedreht hatte und breit lachte. Carlo hatte mit seiner Fotomontage gute Arbeit geleistet.

Das Publikum war zunächst irritiert, einige Eltern empört, doch ein paar Schüler fingen an zu lachen. Der Teufel grinste. Papenhoff hatte keine Ahnung, wieso sein Publikum so reagierte, er stand ja mit dem Rücken zur Leinwand. Leicht irritiert setzte er seinen Vortrag fort.

«Auf meiner Reise durfte ich viele Brauchtümer der Eingeborenen kennenlernen. Naive, zauberhafte Rituale, auf die ich mich gerne eingelassen habe!»

Klick, neues Bild, und man sah Papenhoff mit einer Haschpfeife, dümmlich grinsend und offenbar komplett stoned.

Die Jugendlichen lachten, die Eltern schüttelten missbilligend die Köpfe. Der Teufel freute sich. Seidel warf Carlo einen amüsierten Blick zu, offenbar hatte er die richtigen Schlüsse gezogen. Papenhoff war wieder irritiert über die Reaktion des Publikums, drehte sich aber nicht zu dem Foto um, sondern machte tapfer weiter.

«Auch sonst habe ich mich dem Leben der Eingeborenen angepasst und in einer ihrer primitiven Bambushütten gewohnt. Eine wunderbare Erfahrung, für die ich zutiefst dankbar bin.»

Klick. Und man sah Papenhoff in einer luxuriösen Ferienanlage im Pool. Vor ihm auf dem Beckenrand stand ein tropischer Cocktail.

Der Teufel lachte Tränen. Inzwischen war den meisten Zuschauern klar, dass es eine Fotomontage war. Sie hatten Vergnügen daran gefunden und amüsierten sich köstlich. Zur Heiterkeit trug bei, dass der Direktor offensichtlich keine Ahnung hatte, was da hinter ihm vor sich ging, und zunehmend nervöser wurde.

Endlich drehte sich Papenhoff doch zur Leinwand um, sah entsetzt das Bild, klickte zurück, klickte noch einmal zurück, wandte sich ans Publikum und beteuerte verzweifelt: «Das sind nicht meine Bilder, das sind …» Er klickte verzweifelt weiter vor. Als ein harmloses Foto der Victoria-Fälle erschien, fuhr er erleichtert fort.

«So. Die Victoria-Fälle! Weltnaturerbe der UNESCO und

Heimat für Tausende Paviane! Sehen Sie hier den uneingeschränkten Herrscher dieser Affen ...»

Greta, Daria und Melody spickten an der Seite der Bühne hinter dem Vorhang vor und sahen Carlo fragend an. Carlo machte ein vergnügtes Daumen-hoch-Zeichen.

Das Bild wechselte, und nun sah man Papenhoff von hinten, nackt, inmitten der Paviane sitzen.

Die Menge wieherte vor Vergnügen, Lachsalven ertönten, die die empörten Rufe untergehen ließen. Der Teufel hatte einen Heidenspaß, er lachte laut und herzlich.

Lilith war zu keiner Reaktion fähig. Was passierte hier?

Papenhoff drehte sich wieder um und sah das Bild. Das war's. Er verlor die Nerven, brüllte: «Seidel! Was soll das?»

Seidel hörte auf zu lachen, machte schnell ein unschuldiges Gesicht und hob schulterzuckend die Hände. Papenhoff wandte sich wütend an Carlo hinter dem Mischpult und brüllte ihn an: «Schluss! Aus! Sofort aufhören!» Carlo befolgte seinen Befehl.

Dann ordnete Papenhoff fauchend an: «Umbau!», bemühte sich um Haltung, wandte sich an das Publikum: «Verzeihen Sie diese ... ähm, Entgleisung.»

Danach schritt er empört zu Seidel, der am Rand der Bühne stand, und zischte ihn an: «Wenn ich denjenigen erwische, der für diesen Mist hier verantwortlich ist, der fliegt von der Schule, haben wir uns da verstanden?» Seidel blieb unbeeindruckt.

Als die Bühnenhelfer die Leinwand rausgetragen und vier Stühle vor dem Vorhang aufgestellt hatten, trat Papenhoff wieder vor das Publikum.

«Begrüßen Sie nun das Helmholtz-Quartett!»

Vier Streicher, unter ihnen Eddie, betraten die Bühne und nahmen auf den Stühlen Platz. Papenhoff sah, dass sein Sohn zwar vorschriftsmäßig ein weißes Oberhemd, schwarze Fliege und schwarze Anzugjacke trug, aber er hatte immer noch die Wollmütze auf dem Kopf. Er trat neben ihn und zischte ihm so leise und unauffällig wie möglich zu: «Mütze ab, Junge! Auf der Stelle! Hast du denn überhaupt kein Benehmen?»

Eddie zögerte, doch dann fügte er sich, zog leidend die Mütze ab und drückte sie seinem Vater in die Hand. Papenhoff blieb die Luft weg, aber nun war es zu spät. Ein Raunen ging durch die Menge. Eddies Kopf sah aus wie ein von Motten zerfressener Pulli, nur kahle Stellen und verkokelte Resthaare. Eddie saß da wie ein Häufchen Elend. Papenhoff stöhnte und wankte von der Bühne.

Die Streicher begannen zu spielen, aber nach einigen Sekunden fingen sie an, unruhig hin und her zu rutschen. Das Juckpulver wirkte. Sie wanden sich, kratzten sich. Die Töne wurden sehr schräg, immer schräger, schließlich gaben die Geiger ihr Spiel auf, kratzten sich hemmungslos, nahmen dazu sogar ihre Geigenbögen, um ihren Rücken zu erreichen.

Papenhoff war entsetzt. Die Zuschauer schauten sich ratlos an: Sollte das eine Performance sein? Der Teufel lachte Tränen und applaudierte. Als Einziger.

Doch dann hielt er inne und wandte sich misstrauisch an Lilith.

«Wer war das? Erzähl mir nicht, dass Greta dafür verantwortlich ist. Das ist doch deine Handschrift!»

Lilith sah ihn überrascht an, sie konnte sich dieses Chaos nicht erklären. «Ich schwör, ich hab damit nichts zu tun ...»

Der Teufel war nicht überzeugt, dass seine Tochter die Wahrheit sagte.

Die Streicher hielten den Juckreiz nun nicht mehr aus und flüchteten von der Bühne.

Darauf hatte Carlo gewartet. Er startete das Playback.

Ein fetter Hip-Hop-Beat setzte ein, gleichzeitig fiel der Vorhang. Das Bühnenbild zeigte eine coole Großstadtkulisse, Nebel stieg vom Boden auf, man sah die Silhouetten dreier Mädchen, die mit dem Rücken zum Publikum standen. Ein Mädchen fing an zu singen:

«I know you like me ...»

Die anderen beiden fielen ein:

«I know you like me ...»

Dann drehten sich die drei Mädchen um und traten in den Frontscheinwerfer. Es waren Melody, Daria und Greta. Alle drei waren stark geschminkt, trugen bis zu den Knien reichende Blazer und überlange Stiefel.

Gabriel und Sibylle mussten zweimal hinschauen, war das etwa ...?

«Greta ...!», stammelten beide gleichzeitig, als sie ihre Tochter erkannten.

Auch der Teufel stutzte, als er die stark geschminkte Greta sah, die sich sexy und lasziv über die Bühne bewegte.

«Ist das die kleine Birnstein?»

Lilith nickte. Gretas Verwandlung in einen Vamp überraschte auch sie.

Als der Refrain losging, rissen sich die drei Mädchen die Blazer vom Leib. Zum Vorschein kamen Sibylles ultrakurze Strickkleidchen, die extrem sexy aussahen. Auch Greta trug ein zu enges und zu kurzes Strickkleid. Als die Kleider sichtbar wurden, ging ein begehrliches Raunen durch die Reihen der Mädchen im Publikum.

Gabriel schubste Sibylle: «Die haben ja deine Kleider an.»

«Ja», machte Sibylle und wusste nicht genau, was sie davon halten sollte.

Da leuchtete ein Strahler den Bandnamen an: Pussy Deluxe.

Papenhoff war außer sich vor Zorn.

Greta, Melody und Daria waren in Bestform und tanzten lasziv auf der Bühne.

«Don't you wish your girlfriend was hot like me?
Don't you wish your girlfriend was a freak like me?
Don't you?»

Während unter den Schülern Jubel ausbrach, stürmte Papenhoff wutentbrannt auf die Bühne und schwenkte wild die Arme.

«Schluss! Aus! Sofort aufhören!»

Carlo dachte gar nicht daran zu stoppen, und auch Greta, Melody und Daria sangen unbeeindruckt weiter.

Hilflos lief Papenhoff zurück zu Seidel am Bühnenrand.

«Ich hatte angeordnet, dass die nicht auftreten!»

Seidel tat überrascht. «Das muss in Ihren vielen Anordnungen untergegangen sein.»

Papenhoff fiel nichts anderes ein, als Seidel wutschäumend anzufauchen: «Sie sind gefeuert!»

Seidel lächelte. «Warten wir erst mal die Untersuchung ab.»

«Welche Untersuchung?»

«Die ich wegen Veruntreuung von Spendengeldern gegen Sie eingeleitet hab.»

Papenhoff lief rot an, packte Seidel am Kragen und schüttelte ihn heftig. Seidel wehrte sich und verpasste dem Direktor einen kurzen, aber gezielten Schlag, der ihn von der Bühne fegte.

Dem Teufel gefiel das Spektakel der sich prügelnden Lehrer. Böse, böse, böse.

Die Aufmerksamkeit der meisten Mädchen lag inzwischen auf den Kleidern von Greta, Melody und Daria. Sibylles Strickkleider galten inzwischen als der letzte Schrei und must have. Einige Mädchen bestürmten ihre Mütter mit Forderungen: «Ich will auch so ein Kleid! Bitte!» Nachdem die überforderten Mütter etwas hilflos meinten, die wären selbstgestrickt, die könne man nicht kaufen, gab es Gezeter und Geschrei und auch einige Tränen.

Wieder freute sich der Teufel. Wunderbar, hier war ja was los!

Während das Playback weiterlief, wandte sich Greta an das Publikum.

«So, Leute, ich möchte mich an der Stelle unbedingt bei meiner aller-allerbesten Freundin bedanken, die mich in der letzten Woche total unterstützt und motiviert hat! Lilith, ohne dich würde ich hier niemals stehen!»

Der Teufel drehte den Kopf und sah Lilith sprachlos an.

Carlo gab Greta ein Zeichen und warf ihr ein Strickkleid zu.

«Ach ja», rief Greta und hielt das Kleid in die Höhe. «Und das hier ist übrigens das allerletzte Kleid aus der megageilen Birnstein-Kollektion! Schnappt es euch!»

Sie schleuderte es in hohem Bogen in den Saal.

Eine Sekunde lang war Stille, dann folgte ein vielstimmiges Kreischen, und Dutzende weibliche Teenager stürzten sternförmig auf das Kleid zu, sprangen über Sitze und Leute hinweg und balgten sich kratzend, beißend und einander an den Haaren ziehend darum. Der Teufel hatte seine helle Freude daran.

Während Pussy Deluxe wieder anfingen, zu singen und zu tanzen, beobachteten Sibylle und Gabriel ungläubig das Gezanke um das Strickkleid.

«Die mögen meine Kleider ...», flüsterte Sibylle verblüfft.

«Hab dir immer gesagt, die sind was ganz Besonderes», strahlte Gabriel.

Der Teufel sah seine Tochter an, stand auf und gab ihr mit einer kurzen Kopfbewegung zu verstehen, sie solle ihm folgen. Lilith trottete hinter ihm her und erwartete das Schlimmste. Dieser wunderbaren Welt musste sie nun adieu sagen. Zurück in die kalte Hölle, und wenn ihr Vater Ernst machte, sogar in den Aktenkeller. Aber sie würde ihr Schicksal tapfer ertragen, ihr Vater würde bei ihr keine Träne sehen!

Während die anderen in der Aula saßen, schritt der Teufel durch die leere Eingangshalle und drehte sich dann so plötzlich um, dass Lilith fast auf ihn draufgelaufen wäre. Schnell wich sie drei Schritte zurück und stellte sich mit gesenktem Haupt vor ihn hin, das Urteil erwartend.

Ihr Vater sah sie lange an. Schließlich sprach er.

«Ich bin beeindruckt! Das hätte ich dir nicht zugetraut!»

Lilith blickte überrascht auf. Das klang ja wie ein Lob.

Der Teufel fuhr fort: «Selbst erfahrene Teufel sind nicht vor der tückischen Gefühlswelt der Menschen und der Macht der Liebe gefeit.»

Er straffte sich. «Du hingegen – Respekt.»

Nun begriff sie: Ihr Vater nahm an, sie habe die Wette gewonnen! Jetzt bloß cool bleiben, sagte sie sich, sie war ganz nah am Ziel.

«Aber bist du sicher, dass du wirklich schon wegwillst von zu Hause? Vollzeit in den Außendienst?»

Lilith riss aufgeregt die Augen auf. Es hatte geklappt? Sie durfte bleiben? «Ja!»

Dann sagte der Teufel ein wenig kläglich und fast bittend: «Nicht vielleicht doch lieber noch ein paar Jahre ...»

Liliths Selbstbewusstsein war wieder so weit hergestellt, dass sie sofort schimpfte: «Jetzt mach keinen Rückzieher, ich hab den Test bestanden!»

Der Teufel sah etwas unglücklich aus und seufzte tief. Sie lächelte unmerklich: Ihr Vater konnte wohl nicht loslassen ...

Eine schnelle magische Handbewegung, und der Teufel hatte eine Ausweiskarte mit Liliths Namen und ihrem Foto in der Hand. Ein wenig widerstrebend sagte der Teufel mit offizieller Stimme: «Hiermit ernenne ich dich zum Außendienstmitarbeiter ersten Grades!»

Lilith sah begehrlich auf die Karte und wollte schon danach greifen, da zog er den Ausweis wieder zurück.

«Ah, Lilith, entschuldige, zeig mir noch mal den Loknar, bitte.»

Lilith starrte ihn an.

Er fügte hinzu: «Ja, der Vollständigkeit halber!»

Lilith presste die Lippen zusammen. Wieso musste das jetzt noch sein? Sie war so nahe dran!

Tja, das war's also. Wäre ja auch zu schön gewesen. Ohne hinzusehen, griff Lilith in ihr Schminktäschchen, holte den Loknar raus und wandte sich ab, während sie ihn ihrem Vater hinhielt.

Dann hörte sie, wie ihr Vater «großartig» sagte und fragte: «Also, wo möchtest du hin? Paris? London? New York?»

Moment mal. Auch Lilith warf nun einen Blick auf den Loknar und konnte es nicht fassen: Er war kohlpechrabenschwarz! Sie schüttelte ihn ein wenig, aber es blieb dabei: Schwarz. Sie sah ihren Vater verblüfft an. Er wartete noch auf ihre Antwort. Sie strahlte.

«Wie wär's mit Birkenbrunn?», schlug sie vor.

Der Teufel sah sie überrascht an. «Sicher?»

Lilith nickte, doch der Blick ihres Vaters war misstrauisch. Sie brauchte eine Erklärung, wieso ausgerechnet Birkenbrunn.

«Du, die Leute hier sind so …», kurz stockte sie, dann verzog sie abgestoßen das Gesicht, «so … widerlich nett!» und bemühte sich, teuflisch böse zu gucken.

Der Teufel knurrte vor Freude und antwortete mit demselben diabolischen Gesichtsausdruck: «Du bist meine Tochter!»

Er grinste breit und gab ihr die Ausweiskarte. Dann lächelte er und setzte an, ihr zärtlich über die Haare zu streichen. Liliths Blick auf seine Hand ließ ihn stoppen, verlegen machte er schnell eine andere Geste, nickte Lilith nur kurz zu und schritt davon.

Liliths Augen leuchteten vor Glück.

Da öffnete sich die Tür zur Aula, Greta kam heraus und stöckelte aufgeregt auf Lilith zu.

«Und wie lief's?»

«Ich kann hier bleiben!», jubelte Lilith.

Mit einem entzückten Aufschrei fiel Greta ihr um den Hals. Die beiden Mädchen umarmten sich glücklich. Dann löste sich Lilith von Greta und sah sie fragend an.

«Sag mal, das ganze Chaos hier …»

«Das hab alles ich mir ausgedacht», gestand Greta, und ein wenig Stolz schwang in ihrer Stimme mit.

Lilith war verblüfft. «Im Ernst jetzt?»

«Na, darum ging's doch, oder? Du warst ja nicht mehr in der Lage, böse zu sein, und da hab ich das für dich übernommen.»

Lilith war sprachlos. Sieh mal an, für einen guten Zweck konnte die brave Greta ja richtig Gas geben! Hach! Lauernd erkundigte sie sich: «Und, hat's dir Spaß gemacht?»

Greta schüttelte den Kopf. «Nein.» Dann lächelte sie Lilith an. «Aber was macht man nicht alles, um eine Freundin zu behalten!»

Der kurzen Enttäuschung bei Lilith folgte sofort ein warmes Gefühl der Rührung. Greta war so lieb! Dann fiel ihr der Loknar ein. Ratlos hielt sie ihn Greta entgegen.

«Du, schau mal ...»

Greta sah Lilith grinsend an und kratzte mit ihrem Fingernagel an der Kugel. Farbe splitterte ab, darunter schimmerte es pink.

«Noch nie was von schwarzem Nagellack gehört?», lachte Greta.

Lilith starrte auf den Loknar, dann auf Greta. Sie begriff, was ihre Freundin für sie getan hatte. Was für eine clevere Idee. Die brave Greta hatte den Teufel reingelegt!

«Danke!», hauchte Lilith und fiel Greta erneut um den Hals.

Die beiden Freundinnen umarmten sich fest und innig. Und sehr lange. Schließlich ließ Greta Lilith wieder los und versuchte, sie zurück in die Aula zu ziehen. «Komm!»

Lilith schüttelte den Kopf. «Ich muss Samuel finden!»

Greta nickte sofort verständnisvoll und sah lächelnd hinter Lilith her, die nun aus dem Gebäude rannte.

Lilith war in die Gasse gelaufen, in der sie Samuel am ersten Tag getroffen hatte. Sie stand am Kiosk an der Ecke, sah die Gasse hinunter: Fehlanzeige. Sie drehte sich suchend in alle Richtungen, doch sie konnte ihn nirgends entdecken.

Wie immer standen die drei Schnapsbrüder am Kiosk.

«Na, suchste wen?», rief einer ihr zu.

Als Lilith zögerte, drehte er sich zu seinem Kumpel und lachte: «Bestimmt will sie wieder den mit der Wollhaube verdreschen.»

«Nee, ich such den anderen, den mit den blonden Haaren.»

«Samuel», sagte der Mann, dem Samuel die Uhr geschenkt hatte.

Lilith nickte eifrig.

«Der war gerade eben noch hier ...» Er stoppte, sah stolz auf seine Rolex. «Vor etwa zehn Minuten ... der hat uns noch 'ne Runde Schnaps ausgegeben, bevor er nach Berlin fährt.»

Lilith sah ihn erschrocken an. «Nach Ber...»

Sie rannte los.

Die Aufführung war vorbei, aber Sibylle und Gabriel saßen immer noch auf ihren Plätzen. Sie waren überfordert von Gretas Auftritt und ihrer Verwandlung.

«Was ist denn jetzt auf einmal mit ihr los?», beschwerte sich Sibylle.

Mit sanfter Stimme antwortete Gabriel: «Sie ist ein Teenager.» Bittend und auch ein klein wenig mahnend fügte er hinzu: «Also, nicht schimpfen.»

Das ärgerte Sibylle. «Weißt du eigentlich, wie anstrengend es ist, immer nett und entspannt zu sein, Schatz?»

Aber Gabriel ließ sich nicht aus der Ruhe bringen. «Du schaffst das schon, Möhrchen!»

Und schon konnte Sibylle zeigen, ob es ihr gelingen würde, denn Greta kam aufgeregt strahlend zu ihnen.

Sibylle sah ihre Tochter an und bemühte sich tapfer um ein Lächeln. Als es ihr so einigermaßen gelungen war, sagte sie in etwas zu monotoner Stimmlage: «Hey ... Schicke Schuhe. Und ... ein ganz tolles Make-up hast du.»

«Findest du?», wunderte sich Greta. «Also, mir ist es zu provokativ.» Bevor sich Sibylle von ihrer Verwirrung erholt hatte, rief Greta: «Ich bin gleich wieder da ...» und war davongehuscht.

«Na siehst du!», sagte Gabriel, «Unser Mädchen ist vernünftig!»

Sibylle nickte etwas unsicher.

Greta war weggelaufen, weil sie Carlo entdeckt hatte, der zurück zum Mischpult gegangen war. Sie musste ihm unbedingt erzählen, dass sich alle ihre Mühe und Arbeit gelohnt hatten.

Als sie vor ihm stand, teilte sie ihm mit: «Es hat geklappt, Lilith darf bleiben!» Sie strahlte ihn an. «Danke.» Und vor lauter Dankbarkeit gab sie ihm spontan einen schnellen Kuss auf die Wange.

Sibylle hatte Greta mit den Augen verfolgt, sie schubste ihren Mann an und deutete mit dem Kopf auf die beiden. «Und sie hat jetzt einen Freund.»

Greta war selbst ein wenig erschrocken, dass sie Carlo einfach so geküsst hatte. Unsicher sah sie ihn an. War sie zu forsch gewesen? Nun ja, selbst wenn, es schien ihm gefallen zu haben, denn er lächelte sie an und sah ihr tief in die Augen. Er startete seinen dritten Versuch, beugte sich zu Greta und näherte sich langsam ihrem Mund. Wer würde ihren ersten Kuss diesmal verhindern? Niemand. Es klappte. Endlich.

Sibylle und Gabriel sahen gerührt zu.

Als der Kuss jedoch nicht aufhörte und immer intensiver wurde, verschwand das Lächeln aus Sibylles Gesicht, und selbst bei Gabriel machte sich so etwas wie leichtes Entsetzen breit.

Hanna und Lotta verzogen angeekelt ihre Gesichter.

Lilith rannte so schnell wie noch nie in ihrem Leben. Sie musste Samuel stoppen! Er durfte nicht wegfahren. Nicht jetzt, wo sie doch hierbleiben konnte!

Sie entdeckte ihn auf dem Bahnsteig. Er saß auf einer Bank, Rucksack neben ihm, neu gekauftes Ticket in der Hand. Sie lief zu ihm, stellte sich vor ihn.

«Es tut mir leid. Es hat nicht gestimmt, was ich da gesagt hab.»

Samuel reagierte nicht, verzog keine Miene, sah sie noch nicht einmal an.

«Das war nicht ich, das war ... das war meine böse Zwillingsschwester», versuchte sie es mit Humor.

Aber Samuel wollte nichts hören. Um das deutlich zu machen, stand er auf und ging weg.

Lilith lief hinter ihm her, überholte ihn und stellte sich ihm in den Weg.

«Okay?»

Samuel ignorierte sie weiterhin, drehte sich um und ging in die andere Richtung davon.

Wieder lief sie hinterher. Sie klang fast bittend, als sie ihn fragte: «Was willst du von mir hören?»

Offensichtlich gar nichts, denn nun ging er wortlos zurück ins Bahnhofsgebäude und, als Lilith ihn immer noch verfolgte, schnell raus auf den Vorplatz.

Lilith gab nicht auf, lief hinterher. Als sie ihn erreicht hatte, hielt sie ihn am Ärmel fest.

«Ich will nicht, dass du gehst!»

Er blieb stehen und sah sie an. Ausdrucklos.

«Wieso?»

«Äh, weil ...», sie brach ab. Setzte neu an. «Weil, es könnte sein ...» Oh Boy, das fiel ihr jetzt aber wirklich schwer. «Ich glaub ...» Sie musste noch einmal tief durchatmen, bevor sie es sagen konnte: «Ich glaub, dass ich mich in dich verliebt habe ...»

Kein Jubel, keine Freude bei Samuel. Mit unbewegter Miene fragte er bloß: «Meinst du das ernst?»

Sie nickte. Und sah ihm in die Augen. Bittend, flehend, aufrichtig. Er musste doch erkennen, dass es der Wahrheit entsprach.

Samuel kämpfte mit sich. Der Ausdruck auf seinem Gesicht zeigte nach wie vor Ablehnung.

Er konnte sich nur zu einem «Du bist echt ein Freak» überwinden.

Sie nickte sofort. «Ich weiß.»

Er war immer noch hin und her gerissen, es arbeitete in ihm. Plötzlich grinste er und sah sie an. «Aber ich auch.»

Lilith blickte ihn überrascht an und fragte dann leise und fast schon schüchtern: «Bleibst du?»

«Ja.»

Dieser Satz und dass Samuel ihr nun endlich wieder freundlich in die Augen sah, genügte Lilith. Sie küsste ihn. Samuel erwiderte den Kuss. Ein zärtlicher, glückseliger, endloser Kuss.

Als die beiden sich wieder voneinander lösten, sah Lilith fragend auf das Ticket in Samuels Hand. Samuel grinste, zog ein altes Feuerzeug hervor und hielt es an das Ticket. Doch das Feuerzeug streikte. Während er das Feuerzeug schüttelte, um es in Gang zu bringen, hielt Lilith einmal kurz ihren Zeigefinger an das Ticket – und es ging in Flammen auf. Erschrocken ließ Samuel das brennende Papier fallen und sah Lilith überrascht an. Was war das denn?

Lilith lächelte ihn unschuldig an.

Doch wenn man genau hinsah, konnte man in ihren Augen kleine tanzende Flämmchen entdecken.

Wow! Oder? Wer hätte das gedacht? Es gibt ein Happy End für mich. Wobei ich Happy Endings natürlich voll scheiße finde! Aber in meinem Fall sehe ich das natürlich etwas lockerer. Also sagen wir mal: Es geht gut aus für mich. Und gleich doppelt: mit Samuel und – ich muss nicht zurück in die Hölle. Alles dank Greta, meiner wunderbaren, lieben, süßen, entzückenden neuen Freundin. Sie wird wohl kaum auf unsere böse Seite wechseln, aber solange sie meine Freundin bleibt, genügt mir das erst mal.

Ich meine, wie großartig war dieses Mädchen bitte: Sie hat den Teufel reingelegt!

Armer Paps! Ihr seht, als Vater einer Teenager-Tochter hat man es nicht leicht. Nicht mal, wenn man der Teufel ist. Haha.

Ich darf also in Birkenbrunn bleiben. Gibt aber auch echt viel zu tun dort. Die Leute sind wirklich widerlich nett, und der böse Energielevel ist definitiv zu niedrig.

Ach, ihr hattet angenommen, dass ich jetzt zu den Guten wechseln würde? Fehlanzeige.

Tja, man kann Lilith zwar aus der Hölle holen, aber nicht die Hölle aus Lilith.

Ich bin und bleibe nun mal die Tochter des Teufels.

Hortense Ullrich hat über 70 Bücher für Kinder und Jugendliche geschrieben, von denen es 140 Übersetzungen in 25 Sprachen gibt. Mit einer Gesamtauflage von über 4 Millionen Exemplaren gehört sie zu den erfolgreichsten deutschen Kinder- und Jugendbuchautorinnen.

Sie hat als Journalistin gearbeitet und schreibt Drehbücher für Kinofilme.

Hortense Ullrich ist verheiratet, hat zwei Töchter und lebte acht Jahre in New York. Heute wohnt sie in Bremen.

Weitere Titel von Hortense Ullrich

Atmen Sie normal weiter

How to be really bad

Hühner Voodoo

Last Girl Standing (mit Allyssa Ullrich)

Meine teuflisch gute Freundin

Schlaflos in Hamburg (mit Allyssa Ullrich)

FSC
www.fsc.org
MIX
Papier aus verantwortungsvollen Quellen
FSC® C083411

Das für dieses Buch verwendete Papier ist FSC®-zertifiziert.